AF449409

Raimondo Cappai - Paolo Stanese

OMICIDIO
NO XE PER BARCA

White Cocal Press

In copertina
Disegno di **Maria Sole Costanzo**
www.thetriestiner.com

Direttore editoriale
Diego Manna

Edito da
White Cocal Press
via Biasoletto 75
34142 Trieste
manna@bora.la

Prima edizione: ottobre 2022
ISBN 978-88-31908-68-9

"Cicio no xe per barca" (Cicio non è per barca).
Questo proverbio della filosofia popolare triestina in origine
continuava con "... e venezian no 'l xe per bosco".
I Cici sono gli abitanti dell'altipiano della Ciceria, una piccola
regione dell'entroterra dell' ex-Jugoslavia vicino a Fiume
(Rijeka), che venivano a Trieste a vendere carbone.
Pastori e montanari per antonomasia, non venivano
considerati adatti a fare i marinai.
Come dire: "A ognuno la sua arte".

LA PIÙ VELOCE DELLA STORIA

Le condizioni erano ideali. Quella seconda domenica di ottobre l'aria era quasi primaverile e, al momento della partenza delle duemila vele sulla linea di Barcola, soffiava un 'borino' di otto nodi che andava rinforzando. Questa condizione di vento avrebbe dato una spinta onesta alle 'maxi' e una andatura onorevole a tutti gli altri. Una condizione meteo in linea con quello che doveva essere lo spirito della Barcolana: una gara aperta a tutti. Quel sole e quel vento, con un mare sufficientemente piatto da non spaventare i dilettanti, avevano reso la competizione più 'Open' possibile, dove i competitivi si sarebbero cimentati nella propria categoria, mentre si prospettava una festa galleggiante per gli altri, con tanto di vini stappati a metà percorso e pic-nic sul ponte, in mezzo al golfo di Trieste. Ciò non toglieva, ovviamente, che il giorno dopo, tutti i partecipanti avrebbero comprato di primo mattino 'Il Piccolo' per andare a vedere la propria posizione finale nella classifica generale. Pubblicata a piene pagine dopo ogni edizione della Barcolana, c'era chi la leggeva per questioni di ranking personale e chi per vedere se era riuscito a 'fregare' il vicino di ormeggio nel club, o il proprio commercialista o il vicino di casa.

Anche il pubblico assiepato su ciglioni carsici, costruiti dalla natura ere geologiche prima col preciso scopo di permettere a tutti di vedere il mare, era quello delle grandi occasioni, complice il bel tempo e l'assenza di appuntamenti sportivi in televisione. Quell'anno la Barcolana era letteralmente diventata una festa del mare, l'edizione modello che il sindaco e il resto della municipalità si auguravano riuscisse, assieme agli organizzatori che avevano ben presente quel cartello che accoglieva i turisti alle porte della città dichiarando Trieste 'Città della Barcolana'.

Dieci minuti dopo il colpo di cannone che aveva dato il via alla gara con uno sbuffo bianco in cielo, gli elicotteri della televisione e del soccorso sorvolavano la flottiglia di pennacchi bianchi che, in testa alla competizione, pettinavano il mare, tesi alla prima boa. Gli scafi più grandi, un'orgia di leghe leggere, materiali compositi e adrenalina, avevano già staccato la massa che non riusciva ancora a districarsi dall'ingorgo tra la linea di partenza, lunga tre chilometri, e il faro della Vittoria. I più componevano ancora un moto caotico di migliaia di triangoli bianchi alla disperata ricerca del proprio primato relativo, senza una direzione certa.

Tra i vascelli e gli equipaggi più blasonati e gli habitué della competizione, compariva per la prima volta 'Velociraptor', un costoso scafo dalla velatura importante in fibre e tecnologie sperimentali che stava dando del filo da torcere ai primi.

Ogni anno si preannuncia un favorito che stupisce la concorrenza per tecnologia e qualità dell'equipaggio. L'outsider, l'intruso, l'alieno fuori scala che sbaraglia i concorrenti locali. D'altra parte, le gare open sono così, non c'è la giustizia della parità di mezzi per la gara del primo assoluto. Negli anni si erano succeduti scafi sempre più grandi, provenienti dalle parti più lontane del globo, con vele e forme idrodinamiche sempre più capaci di trasformare il vento in pura velocità, condotti da skipper e team di prim'ordine, provenienti dalle gare internazionali più note. Quell'anno però, il 'Velociraptor' aveva stupito tutti ed era 'local': uno scafo a chilometri zero.

Era spuntato dal nulla, non aveva partecipato a nessuna gara prima di quella manifestazione. Era più lungo, più largo, più alto e più costoso degli altri: un 'think big' di americana memoria. Ma, soprattutto, era completamente automatizzato e interamente costruito a Trieste. Era il vanto del suo paffuto proprietario, Michelangelo Bianchetto, che aveva fatto costruire nei suoi cantieri segreti la prima barca a vela da competizione con guida completamente autonoma. Formalmente lui era lo skipper anche se, in realtà, sapeva a malapena nuotare. Era solo il ricco proprietario di una fortunata azienda impegnata nell'esplorazione delle potenzialità dell'intelligenza artificiale. Lui era l'unico equipaggio umano del natante perché, di fatto, tutte le operazioni erano impartite da 'Lucy', il computer di bordo che manovrava le vele e il timone. Lo faceva in base all'input di 482 parametri, letti decine di volte al secondo, e basava le sue scelte includendo nei propri calcoli anche la storia delle precedenti regate. Le dichiarazioni ai giornali erano state chiare: Bianchetto non voleva solo vincere ma anche stabilire il record della Barcolana più veloce di sempre.

Il sistema Operativo Lucy, durante la competizione, sapeva sempre dov'era, dove stavano gli altri e cosa stava succedendo sopra e sotto il mare. Aveva la possibilità di integrare informazioni dai satelliti civili, per le condizioni meteo e del mare, e in parte anche militari per spiare i concorrenti. Interrogando le sue sonde e i suoi sensori, decideva la rotta e sceglieva, tramite le più fini logiche del 'machine learning', la migliore configurazione di vele e timone da usare. Potenti attuatori elettromeccanici e pneumatici muovevano di continuo l'impianto vele e le guide idrodinamiche (timone e foil per far 'volare' il monoscafo), modificando l'assetto in tempi impensabili per qualunque team di scimmie pensanti. Questo dava a Bianchetto tutto il tempo per celebrare sé stesso mentre stava per raggiungere la testa della competizione. Grazie al suo telefonino di ultima generazione, miliardi di megapixel venivano riversati in streaming, tramite la rete 5G, su decine di social contemporaneamente: il suo ghigno soddisfatto sarebbe apparso a milioni di persone senza che lui dovesse avvicinarne nemmeno una. La tecnologia finalmente lo aveva liberato dalla necessità del contatto fisico con le persone: poteva sfruttarle senza sentirne l'odore o rischiare di aspirarne i germi. Lo human touch era solo un ottimo mantra da vendere ai sottoposti al quale Bianchetto non credeva affatto.

I neozelandesi, convinti di vincere facilmente quell'anno, erano davanti, ma lo sarebbero stati per poco: Lucy aveva deciso di partire da una zona di mare diversa dagli avversari ma che, statisticamente, doveva darle più vantaggio a medio termine sul tratto di mare antistante la costa. Aveva predetto i venti e le correnti e perfino l'irraggiamento del sole. Nella sua simulazione il 'Velociraptor' sarebbe stato in testa prima della prima boa e così stava accadendo: stava raggiungendo lo scafo concorrente di Wellington in gran carriera e con apparente facilità.

I concitati avversari erano pronti a virare per incrociare le rotte e chiedere 'acqua', visto il favore delle mura e tentare, con questo espediente tattico, di costringere Lucy a virare verso un'altra acqua, magari direzionando il 'Velociraptor' in una zona di vento meno favorevole.

Non fu necessario. Nel momento in cui lo skipper, dai tipici colori inglesi, stava per allertare a prora il pitman e lo sewer, in modo da scatenare i grinder per muovere l'assetto, una potente esplosione a dritta proiettò migliaia di schegge sulle loro vele disintegrando la randa e il gennaker che si ruppero istantaneamente. Sotto lo sforzo dovuto alla pressione del vento, erano bastati quei piccoli stiletti di carbonio per far esplodere le superfici veliche della barca neozelandese come dei palloncini in un campo di cactus. Nessun ferito, barca in stallo.

Una volta appurata la sopravvivenza del proprio equipaggio, ammaccato ma vivo, l'esperto skipper biondo, dal viso incartapecorito per via degli anni passati al sole e in mare aperto, rivolse il suo sguardo duro verso l'origine dell'esplosione, realizzando che al posto del 'Velociraptor' c'era solo della schiuma di mare sovrastata da una piccola nube nera che si stava dissipando velocemente assieme al vento. A tratti, prima di inabissarsi, comparivano frammenti di alberature e scafo, portati momentaneamente in superficie dai moti convettivi del mare che ribolliva come un pentolone di pasta su di un fuoco troppo alto. In pochi secondi, anche i più piccoli frammenti del 'Velociraptor' avevano preso la via del fondale e, come in un gioco di magia ben riuscito, il restante pubblico era rimasto attonito e inerme davanti ad un evento che non aveva ancora interiorizzato.

Giunsero immediatamente i motoscafi dell'organizzazione, gli elicotteri del soccorso e la manifestazione fu sospesa. Era finita la festa ma il record era stato battuto: la Barcolana era durata solo ventuno minuti...

QUALCHE TEMPO PRIMA

TRANSUMANZA

Michele si stava radendo la barba prima di uscire, lo faceva distrattamente e con poca voglia, la stessa che aveva di andare al lavoro. Aveva impostato il regolabarba a due millimetri e stava compiendo con la mano dei movimenti a caso sulla sua faccia, spostandosi, di tanto in tanto, quando non sentiva più il rumore di peli mozzati. Nel frattempo, teorizzava sull'ineluttabile karma che stava condividendo con i suoi colleghi. A lui piaceva tanto perdersi nei suoi pensieri mentre faceva qualcosa di noioso, ovvero spesso. In quel momento stava rimuginando sul fatto che lui e i suoi colleghi erano stati costretti a lavorare in azienda in presenza, malgrado non fosse necessario. Il loro lavoro poteva essere svolto benissimo da casa, in smart working, ma l'azienda, ovvero il suo padrone, aveva deciso così, e questo aveva indispettito molto tutti quanti. In questo frangente però, vedeva anche un piccolo lato interessante: a prescindere dall'età, dall'orientamento politico e sessuale, dal peso, dall'altezza o dalla forma dei suoi compagni di sventura, finalmente, per la prima volta, una cosa li accomunava: il fastidio per quel trattamento miope e poco umano. Mentre passava da una guancia all'altra considerò che fino a quel momento ciascuno di loro era stato estraneo tra gli estranei in quell'ufficio, cosa che non gli era mai capitata in nessun altro tipo di lavoro. Constatò inoltre che, fino a quando avrebbero prestato servizio in quel triste luogo, anche un'altra cosa li avrebbe accomunati: la contemporaneità della loro migrazione verso la sede di lavoro. Considerò infatti che, a differenza dei fortunati lavoratori da casa, ogni mattina, a prescindere da tutto, lui e gli altri dipendenti di Trilobit, dovevano aver passato il loro chip di identificazione sotto gli archi d'ingresso tra le ore 8:00 e le 8:30, pena una decurtazione dello stipendio. Altra vessazione inutile, visto che lavoravano per obiettivi. Questo significava, secondo Michele, che, alla fin fine, tutti, ogni giorno, erano accomunati, oltre che dall'odio per quel lavoro, anche da quell'ultimo tratto di strada che li portava alla sede di lavoro. Tutti, dunque, affrettandosi per entrare in tempo, dovevano essere colpiti più o meno dalla stessa luce del mattino o dalla stessa pioggia, respirare gli stessi odori e gli stessi pollini, ed aver evitato, si spera, il campo minato di cacche lasciato sul marciapiede da Thor, il mastino napoletano del carrozziere. Sì, carrozziere. Perché Trilobit non era nella Silicon Valley ma aveva sede in un brutto capannone della zona industriale di Trieste ed era adiacente ad una grossa carrozzeria, un negozio di vernici e due carpentieri metallici.

Michele aveva spesso queste visioni poetiche del mondo, quasi delle manie di 'statistica' naif. Stimò, quindi, quanti peli bianchi fossero caduti nel lavandino in rapporto a quelli neri e constatò che continuava ad invecchiare e a diventare sempre più canuto. Questa era la mediocre inclinazione che coincideva con il lavoro di

Michele: osservare, analizzare e riportare. Spesso riportava l'ovvio e fantasticava l'improbabile.

Michele Dionigi era l'addetto alla sicurezza informatica di Trilobit. Quel tipo di lavoro gli veniva facile vista la sua inclinazione all'analisi e, malgrado i scarsi risultati, quel ruolo lo faceva sentire speciale, quasi onnisciente, probabilmente perché non aveva ancora capito la sottile differenza tra osservare le cose e capirle, tra avere le informazioni e saperle usare.

L'orologio digitale del forno indicava 7:59. Doveva tassativamente uscire: lo aspettava il tragitto con l'autobus che secondo lui era statisticamente il meno affollato e dunque più sicuro dal punto di vista igienico. La sua mediocre speculazione prevedeva un tempo massimo di sette minuti per raggiungere la fermata (anche con sfavore di semafori) dove lo aspettava il mezzo pubblico blu balena che lo avrebbe portato nella Zona Industriale. Secondo i suoi calcoli, lì avrebbe perso trenta secondi in più per giocare a 'portone' con 'i residuati bellici' di Thor che precedevano il cancello d'ingresso, per varcare finalmente la soglia di Trilobit tra le 8:27 e le 8:29. Il mastino napoletano di nove anni, colpevole del suo sistematico ritardo, adorava quel tratto di marciapiede per liberarsi la mattina presto, quando si alzava la serranda dell'officina. Michele lo sapeva perché lo aveva osservato più volte, anche se non si era mai lamentato col proprietario. La sua ipotesi, era che le auto nuove (o appena lavate) riflettessero di più, per cui Thor, specchiandosi in esse, vedeva un oppositore che gli provocava un effetto lassativo 'di riflesso'. Michele aveva una ipotesi per qualunque cosa osservasse.

Di tanto in tanto, Michele saltava quella routine, e anticipava di mezz'ora la sveglia, non si radeva la barba e tentava di prendere il bus delle 7:45. Accadeva quando voleva uscire presto la sera dall'ufficio. In questo caso, incontrava diverse persone in ingresso, come ad esempio il suo pseudo coordinatore Filippo Simonini. Il capetto era un milanese doc, trapiantato a Trieste per questioni di stipendio, sempre ben vestito e dai capelli curati. Non era molto simpatico e Michele lo immaginava come un tipo da bacche di goji, muscolo di grano, tè verde e yogurt biologico per colazione. Aveva sentito da altri colleghi che il suo 'desinare spirituale' era consumato in soggiorno su un tatami posto davanti ad una vetrata con vista mare nel suo appartamento in Strada del Friuli. 'Il mio corpo, il mio tempio', diceva un piccolo tazebao posto sulla sua scrivania. E Michele se lo immaginava mentre seguiva le lezioni di Yoga del suo personal guru che lo ispirava, tramite una routine personalizzata sul suo ultimissimo iPhone appoggiato su una pietra lavica giapponese. La solita incoerenza degli aspiranti manager: a contatto con la natura ma solo tramite l'high-tech. E poi, una volta riallineati i chakra e deterso il suo corpo con soluzioni naturali e rispettose dell'ambiente (ma non del suo portafoglio), lo immaginava scegliere con cura, nella sua capiente stanza armadio, il completo da indossare in base agli impegni del giorno. Infine, lo vedeva aprire la porta del box che rivelava la sua Renault Tweezy, dare un'occhiata al suo smart watch di lusso e con un sibilo infilarsi nel traffico col vento tra i capelli. Il contatto con il mondo, a quel punto, veniva meno, viste le cuffiette bluetooth ultra tecnologiche ben piantate nelle orecchie che riproducevano il webcast di un mantra motivazionale energetico, seguito dal notiziario.

Una cosa era certa, lo aveva saputo dai colleghi: ogni tanto, più che 'il suo tempio' Filippo si sentiva gridare il suo "Sempio!" da Ludwig Sossi, suo sottoposto e collega di Michele che non sopportava il capetto e odiava quella macchina elettrica monoposto con strapuntino dietro che, a suo avviso, non era altro che un osso di seppia con gli specchietti. I litigi, con tanto di spintoni all'ingresso dell'azienda, erano quasi all'ordine del giorno tra i due. Spesso, infatti, quando Ludwig incrociava Filippo sulla strada per andare al lavoro, lo inseguiva con la moto di soppiatto e calcolava il momento esatto di quando lo scarico della sua Harley sarebbe stato all'altezza della porta sprovvista di finestrino della Tweezy di Filippo. A quel punto Ludwig si abbassava sul manubrio e tirava la frizione per avvicinarsi silenziosamente al fianco destro della vettura elettrica, come un incursore, e al momento giusto scaricava il ruggito di 98 decibel in faccia al malcapitato gridandogli appunto: "Sempio!" per poi scappare via. Puntualmente l'aspirante manager rampante scartava alla sua sinistra per lo spavento gridando: "Maledetto Sossi!" e rischiando ogni volta un incidente frontale. Oppure, più semplicemente, Ludwig gli piegava uno specchietto o gli appoggiava un piede sulla ruota anteriore quando erano fermi al semaforo. Lo faceva così: giusto per dargli fastidio. Il corpulento collega di Michele era spesso gentile e magnanimo, ma sapeva anche essere crudele e dispettoso con chi riteneva indegno. E Filippo era, per Ludwig, solo un viscido leccapiedi del capo. D'altra parte, Filippo pesava sì e no 50 chili vestito, mentre il Sossi, detto Lud, che era una buona forchetta, aveva superato i 130 chili già a sedici anni, per cui Michele sapeva che difficilmente sarebbero arrivati alle mani seriamente e tutto si risolveva con dei poco cordiali 'vaffa' reciproci. Augurio che si sentiva spesso gridato tra i dipendenti di Trilobit nei corridoi durante la giornata: il 'vaffa' era diventato ormai quasi una simpatica tradizione.

Talvolta a queste discussioni partecipava, in qualità di spettatore, la pettegola dell'azienda: Fausto Furlan. Era detto 'NeFausto' ed in ufficio era seduto a fianco a Ludwig. Veniva chiamato NeFausto perché non gliene andava mai bene una e pareva portasse sfortuna anche solo lavorare con lui, o frequentarlo, per cui molti gli stavano alla larga ma lui non se ne rendeva conto. Anche NeFausto, come Filippo, preferiva le quattro ruote, quelle vere però e apprezzava, come Ludwig, i ferri rumorosi e fumanti. Lui, infatti, possedeva solo mezzi più vecchi di 25 anni, ovvero 'a bollo e assicurazione zero', come diceva lui. Fausto era di quel partito di persone che ritengono le macchine di una volta fatte meglio di quelle moderne, per cui si presentava al lavoro con mezzi 'storici' restaurati approssimativamente che sembravano appena scampati dagli artigli di una gru da autodemolizione. Il che comportava continui malfunzionamenti e grattacapi per il proprietario che perdeva molto del suo tempo libero a riparare i suoi mezzi e si portava il malumore in ufficio per l'ennesima défaillance di qualche sua auto. Comunque, a prescindere dall'automobile scelta per la giornata (di solito quella che aveva più speranza di funzionare), che fosse la Porsche 924 del '78, nota come la Porsche dei poveri, la Lancia Delta HF turbo del '81 color stucco o il Range Rover dei primi anni Settanta coi sedili in legno, tutte queste vetture avevano un denominatore comune: puzzavano di sigaretta come pochi mezzi sulla Terra. Perché Fausto fumava sempre, forse anche mentre dormiva, e ne facevano le spese i suoi vestiti che emettevano un odore simile a dei posacenere. La sua colazione, di solito, erano due caffè neri senza zucchero presi al bar e due sigarette fumate in auto. Quando incappava nell'ennesimo alterco tra il suo amico Ludwig e il noioso e minuto capo Filippo, gli scappava anche una terza sigaretta prima di entrare.

Chi non si struggeva per raggiungere l'ufficio in tempo era invece Luz Imenez Carnelutti, la collega di Michele più desiderata e, contemporaneamente, più odiata non solo da NeFausto ma da tutti i colleghi in azienda. Di padre friulano e madre peruviana, la ragazza, alla soglia del suo ventisettesimo anno d'età, era semplicemente bellissima. Complici il suo essere nel fiore degli anni e un patrimonio genetico invidiabile, vantava un lunghissimo codazzo di ammiratori, compresi gli alti dirigenti del posto dove lavorava. Questo le permetteva, secondo le deduzioni di Michele, di svegliarsi con comodo, prendersi i suoi tempi e poi, con la sua Smart cabrio nera, recarsi al lavoro senza preoccupazione, visto che aveva uno stallo riservato a suo nome tra le macchine dei 'big' e il privilegio di poter entrare ed uscire dall'azienda quando voleva. Una bella eccezione alla 'Teoria della transumanza' di Michele. Nelle fantasie del tecnico, lei non respirava la stessa aria di tutti e non veniva baciata dal sole con la stessa inclinazione dei raggi degli altri e, probabilmente, in virtù di un potere straordinario, se avesse mai dovuto percorrere il marciapiede di Thor, lo avrebbe fatto camminando in linea retta, sorvolando a mezz'aria sulle merde del cane. Forse perché, a ben pensarci, era una strega. Luz di fatto era tanto bella quanto cattiva, era manipolatrice e acida. Era una bellissima rosa con troppe spine intinte nel curaro. Ciò nonostante, la segretaria di direzione di Trilobit continuava a pungere ogni giorno i poveri ometti che provavano a coglierla e che ne uscivano, inevitabilmente, massacrati. I suoi detrattori le avevano appioppato il nomignolo de 'la maledetta sudamerifurlana' e lei lo sapeva ma, col giusto spirito latino, se ne fregava e ne era orgogliosamente divertita. Le piaceva essere temuta e amata: voleva essere venerata, come la regina di cuori di Alice nel Paese delle meraviglie, solo che lei si sentiva molto più bella.

Luz e Filippo, affini per questioni estetiche, provavano ribrezzo per Ludwig, il programmatore più geniale che Trilobit avesse mai avuto, si appellavano a lui come 'il programmatore Kobe', in riferimento al pregiato vitello giapponese dalla carne marmorizzata di cui spesso il Sossi decantava il gusto e le qualità.

Un tipo umano diametralmente opposto a Luz e Filippo era Igor Sisak, un ex pugile di origini balcaniche. A lui toccava la responsabilità del gruppo di persone che si occupavano della manutenzione ordinaria dei dispositivi personali (pc portatili, cellulari, monitor, ecc...) e dei server aziendali. A differenza di Luz, Igor si svegliava ogni mattina alle 4:30 e, contrariamente a quanto attributo a Filippo, consumava un'abbondante colazione, di solito a base di carne di maiale, aglio, cipolla, fagioli e molto pane e latte. Tutti rigorosamente provenienti da contadini fidati della zona o, meglio ancora, da qualche suo parente d'oltreconfine. Poi, a prescindere dalle condizioni atmosferiche, si recava col suo scooter scalcagnato e vecchio di vent'anni in una obsoleta palestra rionale, gestita dal fratello, per allenarsi al sacco e, come diceva lui, per 'alzar su ghisa'. Poi, evitando accuratamente di fare la doccia, riprendeva il suo due ruote d'epoca sgangherato e attraversava la provincia per arrivare prima di tutti presso la sede di lavoro e parcheggiare il suo rottame in 'pole position', adiacente al cancello principale di Trilobit. Questa consuetudine era così radicata e Igor restava così tante ore al lavoro (senza mai prendere ferie) per accumulare ore di straordinario, che molti dipendenti vivevano nella certezza che quello scooter fosse sempre stato fermo lì da anni, abbandonato. Anche Michele ne era convinto.

Dei bizzarri componenti dell'ufficio di Michele che si struggevano per arrivare puntuali in quel lasso di mezz'ora, restava ancora solo Andrea Spangher. Lui arrivava tra i primi, subito dopo Igor, a bordo di un overboard, indossando a tracolla il suo immancabile sacchetto di cotone regalato dal ferramenta, nel quale portava in ufficio la 'colazione'. Il suo pasto preferito del mattino erano i Fonzies intinti nel Plasmon 'gusto di manzo' che accompagnava con due lattine di Red Bull, per la felicità dei colleghi che arrivavano poco dopo e dovevano sorbirsi i miasmi di quel mix mefitico. Grazie all'abominio alimentare del collega, Ludwig si sentiva giustificato a mangiarsi ogni mattina, sulla propria scrivania, una confezione intera di frollini intinti nel latte freddo senza che nessuno battesse ciglio, a parte Luz e Filippo che via chat scambiavano i loro commentini acidi su Andrea e Lud.

Arrivato in sede, che fosse da solo oppure in compagnia di uno dei suoi strampalati colleghi, Michele non poteva fare a meno di osservare, per sua natura, lo stato degli oggetti di uso comune su cui posava occhio mentre andava verso il suo posto di lavoro. L'ascensore della sede di Trilobit, ad esempio, presentava una eccessiva consunzione del tasto corrispondente al terzo piano, lo stesso dove lavorava lui, in un open space. Questo gli faceva dedurre che il logorio anomalo di quel tasto fosse motivato dalla presenza delle macchinette del caffè e delle merendine nel corridoio antistante alla sua postazione di lavoro, le quali, ovviamente, richiamavano lì tutta la gente di Trilobit.

Lo stesso modello di svuotamento della macchinetta delle merendine lo faceva perdere in infinite ipotesi. Lo analizzava di continuo, mentre, durante le sue lunghe giornate di tedio, faceva finta di sorseggiare per mezze ore una bevanda e si intratteneva con gli altri colleghi che, a turno, gli sfilavano davanti. Quante decisioni avranno visto i vetri di quelle macchine? Succo alla pesca o tavoletta di cioccolata? Patatine fritte o gomme senza zucchero? Quante volte i suoi colleghi dovevano aver maltrattato quelle povere macchine per aver costretto la manutenzione ad avvitarle a terra e alle pareti per renderle inamovibili? Quante monetine erano state mangiate dalla gettoniera e quante invece erano rotolate irrimediabilmente sotto la macchina, tra la polvere e lo sporco? Non si poteva mettere un battiscopa per evitare che si perdessero lì sotto per sempre? Qualcuno ci guadagnava? Magari le pulitrici. Il cervello di Michele era un motore che girava spesso in folle, seguendo quelle che comunemente sono dette 'seghe mentali'.

Questo zoo di varia umanità aveva solo un unico vero capo, ovvero il proprietario, CEO e padrone delle loro vite lavorative, Michelangelo Bianchetto. Di fatto c'erano tanti capetti intermedi, come Filippo, ma erano meri sceriffi con la stella di cartone: tutto ciò che riguardava ferie, stipendi e provvedimenti disciplinari, oltre che l'approvazione delle spese dei 130 dipendenti, passava sotto la penna dello spregiudicato imprenditore e padre della ditta. Il che aveva funzionato in passato, quando la Trilobit era una S.r.l di 40 persone ma, oramai, la massa critica era stata superata da un pezzo e quel tipo di organizzazione stava per esplodere: il malcontento serpeggiava ovunque. Si dice che una delle chiavi del successo dei manager dovrebbe essere la loro capacità di delegare. Bianchetto non era di questo avviso e godeva nell'esercitare di giorno in giorno la gestione capillare dell'azienda, con dispotico piglio padronale di ottocentesca memoria, intento ad avere il controllo assoluto delle attività di ciascun dipendente ma sempre a distanza, perché, lo sapevano tutti, il CEO evitava accuratamente il contatto umano ravvicinato.

OSSERVATORIO DIONIGI

Michele Dionigi arrivava dunque allo scoccare dell'ultimo termine utile, in quel crogiolo di odio e malcontenti, ignaro di molte cose. A quell'ora, infatti, l'ufficio era già al completo da un bel po'. La causa era da ricercarsi nella quotidiana lotta per i posti auto attorno alla sede che aveva indotto le persone ad arrivare sempre prima per accaparrarsi i parcheggi più vicini, esclusa Luz ovviamente, che arrivava con comodo, visti i suoi privilegi. Motivo per il quale era ancor più invidiata e odiata. Tante piccole tragedie dunque, si erano già consumate come, ad esempio la pantomima del 'giro d'aria' che serviva a togliere l'odore della 'colazione' di Andrea, della quale Michele non sapeva nulla. L'analista notava solo, di tanto in tanto, un cestino dei rifiuti pieno di confezioni di Plasmon, sacchetti accartocciati di patatine fritte e lattine vuote di Red Bull Zero che lui non associava ad una stessa persona. Pensava che i Plasmon fossero di qualche collega con problemi di denti, forse NeFausto, visto il colore dei suoi incisivi, mentre le patatine e le Red Bull dovevano essere sicuramente di Ludwig, vista la stazza. Michele, dunque, non poteva capire i profondi malumori dei colleghi pro e dei colleghi contro l'operazione di arieggiamento già avvenuta.

Per contro, la ripetizione continua degli schemi comportamentali che osservava nei colleghi, conducevano il pensiero dell'analista alla considerazione che l'informatico tipico aveva di solito un'indole molto caratterizzata e un frasario scarno e poco mutevole, un po' come i linguaggi di programmazione che usava, per cui, in poco tempo, Michele sentiva di poter predire con buona precisione anche le iterazioni e le battute che si sarebbero avute tra i suoi colleghi a fronte di un qualunque evento.

"Ciao, come xe andada la serata?" - "Mondiale"

"Il disco rigido?" - "Brasado"

"Duro l'allenamento?" - "Eh, croccante..."

"Dime un numero" - "42"

"Quante volte?" - "N, con N tendente a infinito"

Botte e risposte predeterminate, funzionali, spoglie di emozioni o informazioni vere, cariche invece di iperboli oramai note a tutti e quindi prive di ogni impatto. Michele sentiva di avere il controllo, mentre prevedeva le reazioni tra gli scontati colleghi, anche perché la sua era una posizione privilegiata: a differenza dei suoi vicini di banco, lui non doveva produrre risultati tecnici misurabili, ma doveva solo accertarsi che la sicurezza informatica della rete aziendale non venisse compromessa. Per cui aveva molto tempo per godersi lo spettacolo e sentirsi in qualche modo una spanna più in alto degli altri, fuori dal coro. Lui, 'l'analista', era e sentiva di aver capito tutto e ne aveva continue conferme.

Uno dei momenti preferiti di tutto l'ufficio era l'ingresso di sua maestà la regina Luz Carnelutti. Le sue mise da 'cocktail nell'alta società', corroborate da una nuvola di profumo eccessivamente asperso, come eccessivi erano gli accessori, scintillanti e massicci, generavano un clamoroso stacco con l'ambiente che la circondava: dinnanzi a lei si presentava un ufficio vetusto e logoro, ricavato da una sezione al terzo piano di un capannone industriale eretto nel dopoguerra e arredato alla bell'e meglio. Questo grande ambiente dagli angusti spazi, popolato da informatici generalmente poco attenti a certi dettagli, come l'igiene personale o l'accostamento dei colori, non sembrava proprio l'habitat naturale di quella bestia rara e bellissima. In fondo alla sala, nel suo posto privilegiato, dove né il sole né le correnti d'aria potevano turbare il microclima attorno alla sua sedia, la aspettava il suo lussuoso regno fatto da una scrivania bianca nuova di zecca e un PC Apple iMac 27" con display retina di ultima generazione. Il motivo di quella convivenza mal combinata era stato presto spiegato a Michele da NeFausto che non vedeva l'ora di diffondere un po' di pettegolezzi: "Pur essendo Luz la segretaria di direzione, è stata spostata qui da noi nel salone, qualche mese fa, in attesa della ristrutturazione degli uffici che sono adiacenti a Bianchetto. Lui l'ha parcheggiata qui temporaneamente, ma, per 'il principio dell'eterogenesi del fine', nel momento in cui Luz è stata trasferita da noi, un nuovo grosso affare è entrato in porto, per cui è stato necessario assumere altri otto informatici che hanno immediatamente usurpato l'ufficio di segreteria, facendo saltare la ristrutturazione. 'Business is business'." Aveva finito di commentare sarcastico il tecnico che puzzava di fumo. Aveva anche insinuato che, per tenersela buona, Bianchetto le avesse fatto comprare le suppellettili nuove. Secondo Ludwig, inoltre, pur di non sentire le sue continue lamentele, Bianchetto le aveva concesso in un secondo tempo un posto auto nel parcheggio coperto riservato ai dirigenti e infine anche la libertà d'orario. "Ecola là... de novo Chanel" era la frase che le ripeteva spesso Ludwig, quando le sue froge venivano investite dall'atmosfera del pianeta Luz, in transito davanti a lui, ed iniziava a sternutire. Questa pena era sopportata volentieri dal corpulento tecnico informatico in cambio dello spettacolo offerto dal corpo sinuoso della giovane che si contorceva nel passare i diversi ostacoli disseminati lungo il suo percorso verso la scrivania dorata. La via per la postazione di lavoro più bella dell'ufficio era, infatti, irta di deviazioni dovute allo spazio angusto e da tutti gli accorgimenti che i colleghi avevano messo in atto per avere un po' di privacy. C'era chi si era messo spalle al muro, tirando indietro la scrivania, staccandola dalla 'stecca' e generando una specie di chicane. La contromossa dei vicini era stata di spostare dei vecchi appendiabiti a trespolo dietro alle proprie spalle e di agganciarvi grucce cariche di impermeabili e giubbotti che, a mo' di vela, coprivano la visuale dei loro schermi da chi si era messo spalle al muro. Alla fine, ognuno si era creato il suo microcosmo e si era garantito l'intimità col proprio schermo con un po' di 'fai da te', a scapito delle più elementari norme di sicurezza in ambienti di lavoro. A parte il filo spinato e la pozza di fango, l'itinerario di Luz dalla porta d'ingresso alla scrivania assomigliava molto ad un percorso di guerra, ma come diceva sempre Lud ad alta voce mentre passava: "L'occhio ne guadagna." E lei puntualmente lo ricompensava con un 'vaffa' standard.

Filippo aveva scelto la prima scrivania. Era a capo tavola e la scelta gli sembrava ovvia: entrando, il capo avrebbe visto che lui non aveva niente da nascondere, mostrando il suo monitor a chi si affacciava alla porta e in più, dal suo punto di vista, era in una posizione dominante. Vedeva tutti e tutti lo vedevano, così, quando doveva farsi dare i report di fine giornata (unica sua incombenza), gli bastava alzarsi in piedi, aggiustarsi polsini e cravatta, schiarirsi la voce e impartire la richiesta. Era il suo momento di autorità. E in più aveva la tribuna vip per lo spettacolino regalato dalle contorsioni di Luz ogni mattina tra le scrivanie. Filippo si sentiva molto vicino al grande capo e ne ripeteva spesso le frasi come se fossero sue, inducendo una costante sensazione di fastidio nei colleghi costretti a sentirlo dire: "Come Bianchetto dice, secondo me..."

Gli altri colleghi di Michele erano amabilmente sparsi come i coriandoli in strada dopo la pioggia: disposti a caso, multicolori e vagamente sporchi e fradici e lui passava molto tempo ad osservarli per tentare di analizzarli e capirne i più intimi segreti.

NOIA MATTUTINA

Michele si annoiava molto al lavoro. A dire il vero era molto annoiato in genere. Per cui rimaneva stupito dall'immobilità da rettile di Andrea. Era il più taciturno, stava esattamente di fronte a lui e riusciva a stare ore e ore nella stessa posizione davanti allo schermo col cappuccio della felpa in testa a studiare e leggere documentazione tecnica. Anche se, a dire il vero, ogni tanto lo aveva visto appisolarsi. Andrea progettava i circuiti ausiliari del sistema a supporto del processore a tre stati 'T-Rex Ultra', la punta di diamante e primo prodotto della ditta, la cui particolare logica ne aveva dato anche il nome. Per assonanza, infatti, il metodo di funzionamento del nuovo computer a tre bit ('zero', 'uno' e 'forse') era stato associato impropriamente da Bianchetto al trilobite. Aveva incontrato quel nome casualmente anni prima, ascoltando il figlio che ripeteva la lezioncina di scienze delle medie. Il grande manager cercava da tempo un nome che avesse dentro la radice linguistica del 'tre' e anche del 'bit' e il nome di quel buffo animaletto estinto gli era sembrato un'idea eccezionale per la sua start-up, il resto dei nomi diventò una logica conseguenza.

Lontano da Andrea e coperto da Ludwig c'era Fausto, il tabagista pettegolo e iettatore. Era l'ingegnere capo che coordinava un team di diverse decine di persone dedite alla scrittura del microcodice per quella che sarebbe dovuta diventare la rivoluzione informatica dai tempi del transistor. Non stava mai seduto più di mezz'ora. Il suo bisogno di nicotina era imbarazzante, soprattutto quando era sotto pressione. Lo stesso Ludwig, il sistemista Kobe, lo guardava storto alla quarta volta che si alzava in una sola mattinata per 'una boccata d'aria'. Lud scriveva lo strato immediatamente soprastante ovvero il sistema operativo, il famigerato 'Panagea X', con l'aiuto di cinque specializzandi dell'Università di Trieste. Era un lavoro maledettamente difficile che il ragazzone con la quinta superiore svolgeva con una facilità imbarazzante, surclassando i colleghi laureati. Filippo, a capo tavola, vantava un master al Politecnico di Milano, riportava i loro progressi al grande capo rappresentandoli con coloratissime infografiche elaborate con 'Canva' e si grattava sempre la testa nei cinque minuti in cui lavorava al giorno.

Il loro ufficio produceva il cosiddetto 'core business' dell'azienda anche se, in realtà, non aveva ancora prodotto nulla tranne tante promesse, ma queste avevano portato molti soldi di investitori e sovvenzioni europee. Altri uffici satellite, sparsi per il capannone, ospitavano decine di colleghi che rispondevano direttamente o indirettamente ai ragazzi e dunque erano in qualche maniera loro subalterni. Le paghe degli abitanti dell'open space di Michele erano notoriamente alte in maniera esagerata e il resto dei colleghi si riferiva al loro ufficio col nome in codice di 'Huston', in analogia con la sala controllo della NASA.

Contrapponendosi a 'Huston' il balcanico Igor aveva chiamato 'Baikonur' la sala dei laboriosi poveracci sottopagati che lui governava con il pugno di ferro. Nella sala adiacente a 'Huston', infatti, seppelliti da scatole e scatoloni, circuiti stampati e cavi, c'erano i ragazzi del supporto tecnico che giornalmente manutenevano il parco dei PC e dei server di supporto necessari alla vita di Trilobit. Erano per lo più giovani stagisti pagati una miseria, schiavizzati dal burbero pugile e costretti ai lavori più degradanti, per cui il nome della agenzia spaziale sovietica sembrava essere ficcante: spartana ma efficace. Non capitava di rado che gli operai del bit dovessero, oltre al lavoro abituale, occuparsi anche delle Playstation rotte dai figli capricciosi dei dirigenti, perdere tempo a riconfigurare i telefonini delle mogli dei consiglieri, oppure togliere malware e tonnellate di porno dai PC portatili dei capi. I ragazzi, che facevano vita da gulag più che da stazione spaziale russa, ripristinavano, riparavano e portavano a nuovo quasi qualunque cosa (aspirapolveri Roomba comprese) e Igor faceva bella figura coi capi grazie allo sfruttamento del loro lavoro. E spesso senza nemmeno un 'Grazie'.

Agli occhi di Michele, Igor e Luz erano i due fedeli cani da riporto di Bianchetto, ed erano di razze molto diverse: un bulldog fedele e feroce lui, un barboncino viziato e isterico, lei.

Questa era la mattina tipo in Trilobit: un lento risveglio dal torpore della notte costituito da un laborioso silenzio punteggiato di tanto in tanto da qualche singola esclamazione dei tecnici che avevano la spiccata tendenza a parlare con i loro dispositivi (senza avere mai risposta). Per l'annoiato Michele era solo l'attesa del 'liberi tutti' della pausa pranzo, primo vero momento di umanità e iterazione col mondo reale.

Mentre scendeva le scale (statisticamente l'ascensore ci metteva troppo tempo in discesa), non poteva non notare il passamano delle scale d'emergenza consumato nel suo unico tratto orizzontale e corredato da bruciature di sigaretta sul linoleum azzurro sottostante. Quelle macchioline gialle su sfondo blu erano il tentativo di riprodurre il 'Cielo stellato' di Van Gogh? O solo la testimonianza del rifugio peccatorum d'un tempo che fu, prima del 2003, dei fumatori come NeFausto che si appollaiavano lì per una cicca veloce? Non importava: scendere quelle scale significava che la giornata di lavoro era praticamente finta. E sì, perché una delle convinzioni più radicate di Michele era che in quel 30% del tempo lavorativo si svolgesse il 90% del lavoro concreto: Trilobit funzionava grazie alle mattine che andavano dal martedì al giovedì.

NOTTI MAGICHE

Immaginate delle mani giovani ma già esperte che si muovono veloci tra i macchinari di un'officina. Mani che padroneggiano saldatori, macchine per taglio al plasma e frese a controllo numerico come un consumato operaio specializzato, che lavorano abilmente con i materiali compositi tanto quanto con le leghe leggere. Sono mani vigorose che manovrano attrezzi e strumenti anche se è tardi (saranno le tre di notte), mani sapienti che hanno ancora voglia di creare e plasmare la materia. Di chi possano essere quelle mani e di chi sia l'officina non è ancora dato a sapere ma il suo nome in codice è '2fur'. Ciò che è interessante, per ora, non è tanto il 'chi', ma il 'cosa'. Percorrendo, quasi ad essere delle mosche curiose, un tour immaginario della piccola officina, di cose singolari che potrebbero catturare l'attenzione, ce ne potrebbero essere tante. Ad esempio, non si potrebbe rimanere indifferenti all'assortimento e alla modernità delle macchine per la lavorazione automatica dei metalli tramite taglio al laser o all'attualità delle costosissime stampati 3D industriali. Andando più avanti verso il reparto di elettronica, non si potrebbe definire che strabordante la quantità di strumenti digitali e computer di ultima generazione accatastati sui banchi e in fondo, celato da un paravento, si scoprirebbe addirittura un piccolo laboratorio chimico. Ma non sono solo le attrezzature e gli strumenti a portare meraviglia in quel luogo. Ci sono, ad esempio, cinque motori a turbina per aeromodellismo *Jetcat P220 RXi* nuovi di zecca disposti ordinatamente su di un bancone, caratterizzati dalla loro ghiera di metallo anodizzato viola e dal costo di 3 paghe mensili di un operaio per ogni singolo pezzo. Questo inusuale accumulo di oggetti costosi potrebbe sembrare la cosa più strana che si possa rinvenire in quel bizzarro posto, se non fosse per quello scafo, o scocca, in fibra composita di carbonio e kevlar che le mani sapienti di 2fur stanno estraendo con decisione, tramite l'uso di grosse pinze, da uno stampo autoprodotto. Un manufatto estremamente complesso e lungo poco più di un metro, dalla forma simile ad un aereo Concorde in scala, solo più spigoloso, frutto di anni di studi ed esperimenti. Aeromodellisti: l'anello mancante tra lo scienziato sperimentale e l'artigiano d'altri tempi.

L' EZIT (Ente Zona Industriale Trieste) è la sede del cuore produttivo della città, è la zona industriale che rinasce sempre dalle sue macerie lasciandosi alle spalle, nei suoi cicli di rinnovo, decine di immobili abbandonati in attesa di nuovi investitori, come lo era stata la Trilobit S.p.A.. In rari casi, piccole realtà vengono prese in affitto da gente comune come, ad esempio, il nostro personaggio dalle abili mani che aveva realizzato la sua bat-caverna in quel che restava di una vecchia falegnameria abbandonata alla fine degli anni '80. Impiegato modello della Trilobit di giorno e scienziato pazzo di notte, capace di fare carte false solo per poter affittare quel remoto nascondiglio a due passi dal lavoro e lavorare indisturbato. 2fur era super eroe di sé stesso, in una piccola officina dai vetri rotti persa tra gli innumerevoli capannoni disabitati. Una facciata invisibile, sopraffatta dalla prepotente natura di una periferia che inghiotte, coi suoi cespugli spontanei, i marciapiedi abbandonati e che circonda di edera i vecchi pali della luce in cemento tutt'attorno. Una costruzione apparentemente innocua, invisibile, come il suo occupante, ma che, a breve, sarebbe diventata una micidiale fabbrica di morte.

Mentre lavorava canticchiando al suo progetto, circondato da assoluto silenzio e con poca luce, 2fur rimuginava, ricordando le deliranti parole del suo capo, Michelangelo Bianchetto, che spesso interrompeva il suo lavoro e quello dei colleghi con degli sproloqui in video: "Basta all'egemonia della logica binaria! Basta solo zeri e uni! Troppo anglosassoni. Siamo in Italia e nello stivale non tutto è vinto o perso: come nel calcio si accetta di buon grado anche il concetto di pareggio e quindi abbiamo l'uno, lo zero ma anche il pari! Io voglio un processore, quello che una volta era detto il 'cervello elettronico', costituito da milioni di componenti capaci di gestire l''uno' che è sì, lo 'zero' che è no, ma che preveda anche l''ics' che è: boh... da decidere, intanto mando avanti, deciderà qualcun altro più tardi". Stavano cercando di produrre un processore che fa quello che riesce a fare, e il resto, l'incompiuto, lo manda avanti con un 'ni'. Un processore che suppone, che interpreta, che segue il feng shui degli elettroni che lo attraversano orientando le decisioni da prendere in base ad un imponderabile karma col quale quella richiesta di calcolo era nata. Un risultato 'circa', ma molto veloce. Astuto ed efficace, anche se non del tutto preciso. Un sparare ai tordi col fucile a pallini. Tutto molto nuovo, molto approssimativo, tutto molto simile al modo italiano di ragionare di Bianchetto.

2fur sputò per terra disgustato. 'Sì certo, tutto molto italiano', disse a sé stesso, 'processori feng shui... ma che vada al diavolo! Deve morire il porco.' Non tollerava il pressapochismo del suo capo e le bugie che ogni giorno gli passavano sotto gli occhi. Lui avrebbe spezzato l'egemonia di quell'approccio approssimativo con il rigore, con la dedizione e la precisione che solo un amante della meccanica come lui avrebbe potuto capire.

QUEL CHE RESTA DEL GIORNO

Il momento della pausa pranzo era dunque, per Michele, una specie di sospensione assoluta dalle attività e dai pensieri del lavoro (non che ne avesse molti). L'analista vedeva quell'interruzione come lo screen saver di Windows che salvava i dipendenti dalle fatiche di Trilobit, una distrazione totale, sicuramente più efficace della notte, quando invece qualche preoccupazione arrivava prima di prendere sonno. Lo capiva dall'aria stanca dei suoi colleghi diretti, che la mattina arrivavano spesso con gli occhi pesti e il cervello sconnesso. La pausa pranzo, invece, era il momento della socializzazione che, secondo lui, per quella categoria di individui elementari chiamata 'ingegneri', significava l'apice della relazione sociale, il momento in cui aprire il canale di input/output e scambiare informazioni coi propri simili.

"Mensola o altrolo?"

"Non so, più fritto oggi!" - "No, no: ramadan oggi. Solo roba leggera, vado in mensa."

"Carne, pesce, o?" - "O!"

"Buon appetito a tutti meno che a uno!"

Ecco presentarsi un altro schema ripetitivo di frasi fatte, note all'analista. Tipiche frasi delle ore 12:30 scambiate tra i colleghi che passavano i tornelli d'uscita, come una lunga colonna di bestie di specie diverse nella savana, tese verso la più vicina pozza d'acqua. D'altra parte, la necessità che spingeva questa varietà di specie semi-evolute verso l'esterno, era dovuta quasi soltanto dal bisogno primario del nutrirsi mentre la selezione che determinava i gruppetti di animali era data sia dalla logistica che dalle passioni personali. Michele adorava quel momento per vedere se i suoi pronostici giornalieri erano azzeccati. Ogni giorno, infatti, scommetteva mentalmente con sé stesso su 'chi andava dove e con chi'.

Michele sapeva innanzitutto che le opzioni per il pranzo erano diverse: la scelta più popolare ricadeva sulla mensa che serviva tutto il comprensorio e dunque anche altre aziende. In fondo alla strada si trovava un bar frequentato da alcuni che andavano per un tramezzino veloce e un gratta e vinci, Thor permettendo. Poi, quali antiche vestigia dei momenti di gloria (oramai passati da tempo) della zona industriale triestina, vi erano diverse trattorie nelle vicinanze, ma difficilmente raggiungibili a piedi in tempo utile. Dunque, le trattorie erano ad appannaggio soltanto della sottospecie nomade dei 'due ruote' oppure di qualche temerario esemplare che avesse osato abbandonare il posto auto conquistato la mattina presto, in nome di un buon arrosto con le patate. Una piccola minoranza di lemmings in fila indiana si recava a piedi al supermercato lì vicino, arrangiandosi poi alla bell'e meglio, facendo della propria scrivania il desco. Opzione rara: cibo a domicilio, ma erano in pochi a consegnare in quella zona. Opzione rarissima: raggiungere la 'confort zone' a casa propria.

Per migliorare le sue previsioni sulle singolari composizioni dei gruppi tra colleghi, Michele bazzicava durante la settimana un po' tutte le opzioni percorribili e spesso rimaneva stupito per le affinità elettive che accomunavano i dipendenti di Trilobit e ne determinavano la compagnia durante il pranzo.

Un folto gruppo (gli aziendalisti) era facile da decifrare: sceglievano per definizione la mensa, da bravi mammiferi stanziali. Era economica ed efficiente. Il cibo era sicuro ed era popolata da colleghi provenienti da tutti i settori. Frequentare quell'ambiente era un'ottima occasione per avere notizie potenzialmente utili alla propria carriera, magari accostandosi alla tavolata giusta. Inoltre si perdeva poco tempo per nutrirsi pur rispettando i dettami alimentari salutistici consigliati dall'azienda. Michele definiva questa sottocategoria di individui come gli 'ingegneri puri', che adottavano comportamenti corrispondenti alle più elementari dinamiche di gerarchia animale. Andare a pranzo con loro significava, praticamente, lavorare un'ora in più. Non era una pausa pranzo: era cibo che interrompeva una riunione.

"Dobbiamo efficientare la procedura." si impastava di riso integrale al vapore.

"Dobbiamo rivedere il GANTT della produzione." era interrotto dal veloce masticamento della milanese con contorno di fagiolini bio. E così via. Un lungo insieme di inglesismi e di acronimi interrotto dai rumori della predigestione.

La versione esasperata per pragmatismo di questi individui, erano i silenziosi frequentatori del supermercato: essi adottavano la soluzione in assoluto più economica nel rapporto prezzo/chilo del pranzo e ne approfittavano per fare due passi 'detox' senza dover interagire col resto dei colleghi. Erano gli ingegneri solitari, paragonabili ai Dodo o altre specie in via d'estinzione, oppure ai vecchi elefanti in cerca di un cimitero. Il massimo dell'iterazione tra loro poteva essere:

"Oggi yogurt 'tre per due' al reparto frigo" - "Ah, grazie"

Oppure:

"Crudo nazionale in offerta fino a venerdì al banco salumi" - "Ottimo"

I preferiti da Michele, però, erano i più edonisti, gli equivalenti degli sciacalli o delle cavallette. Erano coloro che facevano della pausa pranzo il centro della giornata, pianificando il menu durante la mattina (comunicato via Whatsapp o pubblicato su Facebook dai locali) e selezionando di giorno in giorno il posto più adatto. Si muovevano in sciami (scooter e moto) ed erano, costoro, quelli che più spesso rientravano in ufficio per ultimi ed erano i più chiassosi. Michele li definiva gli 'ingegneri epicurei' perché applicavano il metodo ingegneristico alla ricerca del piacere. Tra essi spiccava Ludwig, capo branco dei buongustai, che trascinava le folle in spedizioni al limite della fattibilità, andando a cercare luoghi per il desinare lontani anche parecchie decine di chilometri dalla sede e, a volte, addirittura nella vicina Slovenia. Gli slogan erano quasi sempre efficaci:

"Ou! Oggi all you can eat di carne ad Ancarano!"

Oppure:

"Nuova cameriera da Mario! E anche 'civa' speciali"

È quasi superfluo precisare che Filippo, tra i colleghi di Michele, non aveva mai visto altro fuor che la mensa da quando era stato assunto e che, alla stregua di una scimmia cappuccino, tentava ogni giorno di scalare il suo albero sociale per sedersi il più vicino ai pezzi grossi in mensa.

Luz, bestia rara e solitaria, andava sempre via con la sua automobilina-gioiello, spesso rischiando di tirare sotto Andrea che silenzioso sfrecciava col suo overboard sulle strisce pedonali con la borsina di cotone a tracolla.

"Oi! Dios mio! Siempre en el medio a los cojones con quel trabicolo per niños!" Gli gridava ogni volta dal finestrino la ragazza che odiava frenare per far passare i pedoni sulle strisce, sbracciandosi ed esibendo il polso agghindato da decine di 'charms' luccicanti.

Nefausto, animaletto in perenne stagione degli amori, andava dove lo portava il cuore, o meglio, il testosterone, per cui seguiva, di volta in volta, il gruppo che gli dava più possibilità, a suo giudizio, di interagire con le rappresentanti del sesso opposto. "Dove c'è patata c'è Fausto." Lo scherniva spesso Ludwig.

Uniche eccezioni al modello schematico comportamentale standard dei dipendenti di Trilobit redatto da Michele, erano Igor che, come un orgoglioso cammello, si portava regolarmente il pranzo da casa in dei Tupperware e Bianchetto che, più che mai terrorizzato dalla prossimità del genere umano, ordinava cibi gourmet a domicilio dai più blasonati ristoranti della città. In quel caso, il cibo veniva trasportato con la stessa cura e celerità di un organo vivo dalle sue fidate guardie del corpo russe che per consegnarlo dovevano seguire un protocollo anti avvelenamento e di sanificazione redatto apposta da un infettivologo che, si dice, comprendessero pure l'irradiazione dei cibi coi raggi gamma. Magicamente però, tutte queste precauzioni scomparivano quando Bianchetto doveva portare a pranzo dei finanziatori, ma su questi dettagli le sole informazioni disponibili arrivavano a Michele dai commenti di Luz, che per ragioni decorative non mancava mai a questi eventi.

Questo rimescolamento di carte, fatto di spostamenti, interazioni sociali, luce solare, cibi e sentimenti, dava ai pomeriggi una piega ben diversa dai silenziosi mattini a luce di neon. Come un pentolino del latte messo a bollire con fiamma troppo alta, l'eccesso di energia acquisito in pausa pranzo faceva ribollire e strabordare anche una volta tolti dal fuoco i sentimenti dei mansueti ingegneri di Trilobit rientrati tra le 13:30 e le 14:30. E così, ogni giorno, il vociare e ridere dei più alticci (simile ai versi delle iene ridens, secondo Michele) disturbava l'abbiocco post-prandiale dei colleghi più anziani (spiaggiati sulle scrivanie come i coccodrilli sulle rive del fiume Sungai Kinabatangan, nel Borneo). I vestiti di alcuni, intrisi dei più disparati aromi da trattoria, disturbavano l'olfatto dei più sensibili che tendevano il collo come cani della prateria per individuare il colpevole del loro disagio. Luz ad esempio, tornata con comodo dal suo giretto solitario, puntualmente si lamentava degli odori 'vomitevoli' emanati dai colleghi. L'invasione olfattiva del suo regno la portava, a volte, al gesto estremo di spruzzare profumo dalla sua postazione verso la tavolata come una moffetta sotto attacco.

A volte veniva ignorata, a volte riceveva in risposta un peto anonimo, con conseguente escalation del suo risentimento: sia per il 'vilipendio alla regina' subìto, che per la sconfortante conferma di essere finita, dal suo punto di vista, nel più squalificante dei gironi infernali aziendali. D'altra parte, valutava Michele quando assisteva a queste scaramucce, per legge di natura la risposta di un soggetto che si sente minacciato avviene di solito con una reazione aggressiva contraria. E sia Luz che gli ingegneri informatici che condividevano con lui l'open space, ben rispondevano a questo modello, a volte imitando le puzzole e a volte le scimmie urlatrici, con grande spasso per Michele, che si divertiva ad associare codici comportamentali animali agli umani di quell'ufficio.

La parte più tragica di alcuni pomeriggi erano però le riunioni a sorpresa organizzate da Bianchetto. La liturgia tribale era piuttosto consolidata. Verso la fine del pomeriggio, quando il pensiero dei dipendenti di Trilobit andava verso il lettore di badge che garantiva dopo le 17 una fuga verso le praterie sconfinate dell'aperitivo, squillava il telefono di Luz che, con faccia da gran riserbo e dopo poche parole, chiudeva la comunicazione e di gran passo usciva dalla stanza, snodandosi lungo il labirinto di scrivanie.

Pochi minuti dopo arrivava a tutto il comparto un 'calendar', ovvero un appuntamento tramite posta elettronica aziendale, che invocava una riunione di lì a una decina di minuti. Questo portava all'immediata obliterazione dei propositi di fuga prematura dei colleghi di Michele e l'insorgere di diverse lamentele a denti stretti dei convocati:

"Non si può usare così il Calendar! Un appuntamento con scadenza dieci minuti è inaccettabile! Che pezzo di fango."

"Questo è un comportamento da despota! Io devo andare dal dentista, cavolo! Lo odio."

"Ma daiii, sempre a sta ora, e che diavolo!"

Da annoverare nel frasario tipico standard per quell'occasione. Quei dieci minuti servivano a Luz per indossare i copriscarpe (e quindi cambiare i tacchi con le ballerine) e disinfettare le mani fino al gomito e detergere il portatile con prodotti appositi fatti arrivare da Tel Aviv.

La parte bizzarra della faccenda (giustificata ufficialmente da ragioni sanitarie) era che la riunione avveniva puntualmente tramite videoconferenza, nella quale Luz con mascherina e guanti era inquadrata assieme al capo nel suo ufficio, due piani più su, mentre gli altri partecipanti erano confinati nei loro quadratini singoli a video come in uno Zoo: pur stando seduti uno a fianco all'altro, partecipavano come singole entità, ognuno nella sua gabbietta digitale. Lo chiamavano 'New Normal'.

Complice la povertà del mezzo di comunicazione, l'orario spesso intempestivo e il carico di 'simpatia' aggiunto da Luz, questo tipo di meeting estraeva spesso il peggio dei comportamenti aziendali e aumentava il tasso di odio verso l'azienda e verso Bianchetto. La maleducazione cominciava proprio da lui che, da buon padre-padrone della ditta, evidenziava ad ogni incontro la sua totale incapacità di governare la baracca: era il gorilla anziano che difendeva la sua posizione alfa. Troppi dipendenti, tanti soldi e decine di progetti che si erano accavallati avevano costretto in difesa il paranoico imprenditore che, da un iniziale stile di leadership 'visionario ed affiliativo' da pacche sulle spalle dei primi tempi, era passato all'autoritarismo dittatoriale digitale.

Troppo spesso il proprietario di Trilobit prevaricava i suoi collaboratori con inutili fraseggi accademici nel tentativo di dimostrare di possedere ancora una certa autorevolezza tecnica che, quasi ogni volta, crollava miseramente nel momento in cui si entrava un po' più nel merito delle faccende. Per cui partiva la difesa costituita da frasi fatte e ben note a Michele:

"Vuoto per pieno ci dovremmo comunque stare dentro" per stroncare le questioni di budget.

"Fate squadra e buttate il cuore oltre l'ostacolo" per compensare la carenza di personale o di soluzioni praticabili.

"Eppure uno strumento che mi rilevi questa eccezione doveva già essere messo su, no?" per tamponare gli imprevisti ribaltando il problema al comparto.

Le frasi erano stantie, lo stile comunicativo era vecchio, come lo stava diventando lo stesso Bianchetto: la differenza tra la foto di qualche anno prima che compariva prima dell'attivazione del canale video e l'immagine in diretta era notevole. Michele aveva addirittura la sensazione che il grande capo invecchiasse a vista d'occhio. I capelli si erano diradati, la pelle ingrigita non era per nulla tonica. Il manager era stanco e in barba alle più elementari regole di 'people management', cadeva facilmente nel rimprovero. Le minacce erano oramai la normalità, tanto che i collaboratori ci avevano messo su un giro di scommesse: si puntava su chi sarebbe stato cazziato per primo durante il meeting, oppure su chi sarebbe stato minacciato di licenziamento entro la fine della riunione. NeFausto era il bookmaker e tutti vi partecipavano (escluso Filippo, ovviamente).

Luz, durante gli sproloqui di Bianchetto, incrementava la dose di veleno chiosando i rimproveri del boss con dati e date, snocciolati tramite interminabili fogli di calcolo zeppi di cifre. Tali numeri erano alla stregua di prove di un omicidio in un tribunale. Filippo, impettito, annuiva costantemente davanti alla sua telecamera (oramai era un riflesso condizionato) muovendo la testa come uno di quel cani giocattolo con la testa mobile. Il suo comportamento era studiato per far sembrare che fosse dalla parte dei giudicanti e non dei colpevoli, confermando le sensazioni del capo con grandi cenni approvativi e stigmatizzando gli interventi dei colleghi con espressioni facciali di biasimo.

I tecnici, oramai avvezzi a quel trattamento poco umano e senza via di fuga, lasciavano correre e cercavano solo di decifrare l'iperuranio del capo, in modo da capire cosa, nella pratica, volesse quell'uomo. Qualcuno cominciava a pensare che quegli incontri, in realtà, fossero per Bianchetto soltanto il succedaneo di una seduta dal terapeuta. Alcuni stavano al gioco annuendo in video come Filippo e attendendo pazienti che finisse la riunione. Altri, continuavano a replicare al capo e a prendersela a cuore, diventando involontariamente degli 'sparring partner', come avrebbe detto Igor, e facendo involontariamente il gioco del CEO, stanco gorilla che, infuriato, scaricava lo stress alzando ancora di più la voce, pestando con le mani sulla scrivania in radica e urlando prevedibili sequele di minacce teoriche e insulti corredati da sputacchi. Mancava solo che si battesse i pugni sul petto.

Alla fine dello shampoo collettivo, a connessione chiusa, restavano alla tavolata poco più di cinque minuti per maledire Bianchetto e Luz fino alla ennesima generazione.

"Lui, sua madre e le madri di sua madre fino alla prima scimmia scesa dall'albero!" gridava spesso NeFausto.

Oppure si sentiva la gente contornare di malevoli epiteti la collaboratrice 'sudamerifurlana' cercando però contemporaneamente di prendere le proprie cose in tempo per fuggire via prima che tornasse.

Di nuovo, per Michele, questo era uno spasso, e per questo suo atteggiamento cinico e ridanciano c'era una spiegazione: innanzitutto, Michele lavorava per diletto, ovvero per sport. Praticava il lavoro per stare in salute alla stregua di un 'runner' che corre per restare in forma. Michele i soldi ce li aveva, grazie a impreviste fortune, ma era nato impiegato e non sapeva gestire la noia a differenza di chi è nato nella bambagia. Per cui, al fine di conservare la sua salute mentale e mantenere il contatto con la realtà, sentiva che, per evitare pericolose derive che la sua indole lo portava a prendere, doveva frequentare regolarmente persone dedite alla concretezza della sopravvivenza quotidiana, detti anche volgarmente 'lavoratori'. Si era messo dunque a fare di nuovo l'informatico, come in gioventù, quando non era ancora ricco. Incidentalmente, qualche mese prima, aveva trovato lavoro nella promettente Trilobit S.p.A., incontrando così quel bizzarro coacervo di disadattati che lo divertiva un sacco.

Ad aggiungere un sapore di avventura a questa sua nuova occupazione, ci aveva pensato la D.I.A. (Direzione Investigativa Antimafia) che, dopo averlo rivoltato come un calzino anni prima in seguito alle vicissitudini che lo avevano reso ricco ma avevano anche rischiato di metterlo nei guai (vedi: 'I soliti Veceti' dello stesso autore), gli aveva chiesto un favore in nome dei vecchi tempi. Michele aveva capito che sarebbe stato utile tenerseli buoni pro futuro e dunque aveva accettato di buon grado la loro proposta.

In poche parole, mentre Trilobit pagava Michele per tenere riservati i propri affari, lui faceva da spia per lo Stato e puntualmente sottraeva dati e informazioni dai sistemi informatici dell'azienda per passarli a Barbara Tassani, il grande gufo, l'ispettore che seguiva il caso (e unico referente di Michele). A detta della giovane donna, che usava metafore diverse da quelle naturalistiche di Michele, Michelangelo Bianchetto si stava comportando come una rete di videopoker che aveva portato tanti scommettitori sulle sue macchinette. Secondo la norma, il banco vince sempre e tanti si aspettavano che la rapace mano dell'imprenditore iniziasse a dragare tutte le puntate verso il server centrale per lasciare i giocatori senza un soldo davanti alla propria slot dai suadenti colori e suoni allettanti. I giocatori però erano pericolosi e costituiti da investitori privati (Trilobit S.p.A. era quotata in Borsa), partner tecnici (aziende High tech di mezzo mondo) che avevano investito nelle promesse visionarie di Bianchetto e poi c'era la partecipazione dei fondi europei, c'erano le sovvenzioni statali e perfino aiuti regionali a fondo perduto che avevano versato molti soldi nelle casse della società in attesa di un miracolo più volte annunciato. Anche i Russi sovvenzionavano Trilobit sottobanco per il suo progetto principale: erano molto interessati al processore a tre stati, quello di cui si occupava il team di cui faceva parte Michele, perché avrebbe dato loro la possibilità di disporre di un processore prodotto in Europa dell'est (gli stabilimenti sarebbero stati eretti in Polonia) e con un sistema operativo non americano.

E se c'era la D.I.A. ad indagare, voleva dire, secondo Michele, che c'era anche il sospetto di infiltrazioni mafiose nei finanziamenti a Trilobit S.p.A. Ed ecco dunque spiegato perché Michele, conscio del suo status di super-super partes e, vista la conoscenza della precaria situazione della ditta, guardava un po' tutti dall'alto in quell'ufficio. Svolgeva con coscienziosità e allegra spigliatezza il suo lavoro, vivendo quell'open space (o open spuz, come lo chiamava la Carnelutti), con lo spirito di David Attemborough che osserva un formicaio in Africa prima della distruzione a seguito di una inevitabile alluvione preannunciata.

MORTE IN BOTTIGLIA

Ham0n non aveva l'abitudine di avvelenare il suo prossimo, ma Bianchetto aveva superato il limite e l'unico modo che aveva escogitato per farlo fuori era imitare Lucrezia Borgia. Aveva già programmato il momento. Era un giorno preciso, la seconda domenica di ottobre. Quel giorno Bianchetto sarebbe stato sicuramente solo e isolato.

Purtroppo doveva partire da zero, ma aveva tempo e anche tanta pazienza. Per cominciare, doveva documentarsi sui tipi di veleno accessibili senza essere rintracciati facilmente e poi trovarne uno abbastanza efficace ma realizzabile in casa. Non aveva conoscenze di chimica ma sapeva destreggiarsi in cucina. Dopotutto, per essere dei cuochi decenti non basta saper seguire pedissequamente delle buone ricette? Probabilmente, pensava Ham0n, per i veleni poteva essere una cosa simile.

Partì dunque da quel che sapeva, e la prima cosa che scrisse sul motore di ricerca fu 'Tasso bacche velenose' perché si ricordava vagamente di un episodio di avvelenamento in asilo, tanti anni prima.

La ricerca diede risultati promettenti. Ebbe conferma, infatti, che il tasso è una delle piante più velenose presenti sul territorio italiano. Quelle bacche rosse, pensò, potevano diventare il componente di una torta. Una bella crostata di tasso e mirtilli. Contro ogni aspettativa, però, scoprì che in effetti tutte le sue parti contengono la tassina, una sostanza altamente tossica, eccetto la parte carnosa delle bacche. Per cui addio torta. Sembrava poco pratico fare una spremuta di semi e aghi di tasso. Che sapore avrebbe avuto? Amaro? Troppe incognite, poco pratico, risultato incerto. Peccato, perché l'avvelenamento da tasso aveva un decorso veloce e interessante secondo Ham0n: tachicardia, vertigini, dolore addominale, poi il respiro diventava superficiale e veniva seguito da una perdita di coscienza, fino ad arrivare alla morte per arresto cardiaco o asfissia. Quasi perfetto per una solitaria in barca.

Si guardò in giro per vedere se i colleghi dell'open space stessero guardando in quella direzione o nel suo monitor. Quando si inizia a pensare male, si diventa subito sospettosi e paranoici. In realtà erano tutti assorbiti dalle loro faccende e nessuno si stava occupando di Ham0n.

Funghi velenosi. Certo, a volte le fiabe aiutano. Si ricordava che non bisogna mangiare quello rosso con i puntini bianchi (l'Amanita muscaria). Da lì iniziò una serie di peripezie 'Googliane' nel mondo della micologia fino a che non approvò alla regina delle avvelenatrici: l'Amanita falloide. Oh, che bel fungo cattivo! Il risultato era garantito al settanta percento. Non male. Purtroppo, la falloide è un killer a medio termine, non ti stende subito. Prima ci sono il vomito e la diarrea, poi viene attaccato il fegato, per cui si finisce in ospedale con una forte epatite. Conoscendo la potenza di Michelangelo Bianchetto, gli avrebbero trovato un fegato nuovo in meno di un'ora… niente da fare. E poi, come lo somministri il fungo senza farti beccare? No, no, proprio niente da fare.

Ricina? I cookies del browser iniziavano a suggerire cose interessanti. Ham0n scoprì che bastavano 0,2 milligrammi per uccidere una persona con la ricina. Questo veleno potentissimo, difficile da rilevare durante l'autopsia, si otteneva, apparentemente dalla pellicola interna del rivestimento del seme del ricino. Pianta facilmente acquistabile e micidiale. Peccato che i sintomi potevano essere tardivi e comparire anche dopo 10-24 ore e la preparazione non sembrava banale.

Trovò infine una notizia di cronaca. Aveva letto qualche tempo addietro di un uomo che era stato avvelenato col collirio. Per cui, quella mattina, iniziò a cercare notizie sull'argomento. Non ci mise molto a scoprire come funzionava la faccenda. Era un collirio usato nel 2018 a Clover, South Carolina da una certa Lana Sue Clayton. Scoprì che il principio attivo era la Tetraidrozolina, un decongestionante che viene utilizzato per calmare le irritazioni dell'occhio causate dall'uso di lenti a contatto. Era un vasocostrittore e poteva provocare l'abbassamento repentino della pressione, il rallentamento del battito cardiaco e la depressione respiratoria. Era insapore e tutti gli effetti collaterali in caso di ingestione erano molto 'interessanti' se si è da soli su una barca in mezzo al mare durante una regata… e poi il collirio lo si poteva comprare ovunque e restare invisibili diluendo gli acquisti nel tempo. Una boccetta oggi e una domani, in farmacie diverse, nelle ore di punta per non lasciare il ricordo della propria faccia al commesso ed era fatta: ora bisognava soltanto capire come rifilare la sostanza al maledetto capo il giorno della Barcolana. Magari dentro ad una bottiglia di champagne, che a lui piaceva tanto.

Nab3rius non avrebbe mai creduto di voler architettare un piano per eliminare fisicamente il capo, ma gli eventi avevano portato proprio a questo. L'occasione c'era: la partecipazione alla competizione velica, davanti agli occhi di tutti. Non bastava il suo fallimento, la sua detronizzazione e l'annullamento delle sue imprese. No, il bastardo doveva crepare, e doveva farlo platealmente.

Da qualche settimana, alcuni suoi colleghi gli avevano spifferato del progetto 'Velociraptor'. Pochi chilometri più avanti, vicino al canale navigabile, Bianchetto aveva affittato un altro capannone per costruire il suo gioiello dei mari. Una specie di showroom delle migliori tecnologie di Trilobit. Una barca a vela da regata con autopilota. Un natante con una versione custom del sistema operativo Panagea X, detta in codice 'Atlantis four'. Uno scafo progettato da quelli di Luna Rossa dell'American's Cup e realizzato con l'aiuto dei migliori produttori in Italia di manufatti in fibre composite: dagli elicotteri militari alle macchine di Formula uno. Alberi e vele derivati da tecnologia spaziale. Un pozzo senza fondo per le finanze della società. Era partito anche il progetto 'Mammouth' per la realizzazione di accumulatori ai nanotubi di carbonio, necessari a fornire tutta l'energia necessaria ai numerosi servo meccanismi di cui era dotata l'imbarcazione.

Era lì che lo doveva colpire, dove faceva più male. Doveva farlo esplodere con la sua barca in mezzo al mare davanti a tutti. Il problema era capire come.

Ci mise qualche giorno per capire che gli esplosivi erano difficili da reperire o produrre senza correre rischi. Tutte le sostanze atte a sintetizzare composti chimici esplodenti erano monitorate dal ministero degli interni e occorreva esporsi per acquistarle. Oltre a ciò, la sola produzione comportava la possibilità di saltare in aria. Aveva passato giorni interi in Trilobit a fare ricerche in tal senso, evitando gli sguardi indiscreti dei colleghi, ma non aveva trovato nulla di concreto che non fosse la banale polvere da sparo.

Fu una sera, a casa, mentre sfogliava una antica edizione 'Sonzogno' datata 1899 del 'Mattia Sandorf' di Giulio Verne che ebbe l'illuminazione. Aveva comperato quel libro perché il romanzo parlava di Trieste e ne riportava diverse stampe dell'epoca nelle prime pagine. Si era divertito molto a leggere dell'inseguimento lungo le vie del centro dei suoi attori e si era fatto trascinare facilmente nel racconto delle scorribande per tutto il Mediterraneo del protagonista. Fu verso la fine del libro, a pagina 444, che Nab3riurs trovò il suggerimento proveniente dal passato: *Per produrre un effetto così formidabile il dottore non aveva ricorso né alla polvere ordinaria, né al cotone fulminante, né alla dinamite. Egli conosceva la composizione di un agente esplosivo, da poco scoperto, la cui potenza è tanto grande che si può dire che è rispetto alla dinamite quello che la dinamite è rispetto alla polvere ordinaria. Più maneggevole della nitroglicerina; più trasportabile, giacché consiste di due sostanze liquide isolate, che si mescolano insieme solo al momento di servirsene; refrattaria alla congelazione sino ai venti gradi al di sotto dello zero, mentre la dinamite gela a cinque o sei; e non esplode che mediante un urto violento, come l'esplosione di una capsula di fulminato. Per tali motivi questo agente è di un impiego non meno terribile che facile.*

Era proprio ciò di cui Nab3rius aveva bisogno. Continuò a leggere.

Come si ottiene? Molto semplicemente mercé l'azione del protossido d'azoto, puro e anidro, allo stato liquido, sopra diversi corpi carburati, oli minerali, vegetali o altri derivati dai corpi grassi. Di questi due liquidi, inoffensivi separatamente, solubili uno nell'altro, se ne fa uno solo della proporzione voluta, come si fa una meschianza d'acqua e di vino, senza alcun pericolo di manipolazione. Il nuovo terribile agente è detto panclastite, parola che significa "spezzatutto"!, e in vero spezza e frantuma ogni cosa.

'Beh, ma è facile.' Pensò Nab3rius. 'Il protossido lo hanno tutti i dentisti e anche gli elaboratori di automobili… è il famoso 'NOS' dei film americani. Lo mescolo con un olio trasparente e il gioco è fatto!'

Fece ancora alcune ricerche in internet per trovare il rapporto di miscela tra i due liquidi, si perse nella storia degli esplosivi alternativi e oramai abbandonati della Seconda guerra mondiale e infine si addormentò contento col 'Mattia Sandorf' che faceva da coperta.

MODALITÀ PROVVISORIA

Quante giornate uguali, se non per lievi differenze di temperatura e umidità, aveva passato Michele in quel posto? A suo avviso, infinite. La maledizione del film 'Palm Springs' o di 'Ricomincio da capo - il giorno della marmotta' si era avverata: anche lui aveva il suo personalissimo replay della stessa giornata da rivivere migliaia di volte. Ogni mattina 'spazzolava' i server di Trilobit, raccattava le informazioni richieste (scambi di mail e report economico/finanziari) e li impacchettava per la Tassani. Nei pomeriggi faceva girare il suo programma che generava automaticamente i report di sicurezza da dare a Filippo per l'azienda. Il suo lavoro era tutto là, ogni giorno uguale e, a metà mese, arrivava come per magia lo stipendio. Una ricompensa sicura in cambio di una noia mortale: vita da recluso, come era già successo anni prima col suo impiego in banca.

I progetti andavano avanti, nei vari dipartimenti di Trilobit, ma non portavano da nessuna parte. Le sensazioni della Tassani, pensava Michele, dovevano essere giuste: quell'azienda probabilmente era solo un grande imbuto che raccoglieva soldi a destra e a manca per non produrre un gran che. Solo promesse agli investitori, alla stregua di una perfida amante che non giunge mai al fatidico sì.

Fu alla fine della primavera che qualcosa si mosse. Quando NeFausto tornò dal summit in Polonia e non riuscì a non confidare ai suoi compagni di banco quanto successo. Avvenne in trattoria, ovviamente. C'erano Ludwig, Fausto e Michele. Tre colleghi, che nei mesi precedenti avevano trovato una sorta di scanzonata affinità, data, secondo Michele, dal comune denominatore del voler vivere una vita tranquilla e godereccia. Tutto era iniziato con una rocambolesca fuga in pausa pranzo promossa da Ludwig qualche mese prima; successivamente la vicinanza si era consolidata di giorno in giorno, quando i tre scoprirono di avere antipatie comuni tra i colleghi e lo stesso sense of humor cinico riguardo la vita in azienda.

"Un bluff!" esordì NeFausto mentre addentava una tartina di baccalà mantecato.

"L'evento dimostrativo in Polonia?" incalzò Michele, contento di poter dare alla Tassani qualcosa di diverso dai soliti report mattutini.

"Sì, la demo... devastante!" continuò a raccontare il collega tabagista "Siamo arrivati su in Polonia col sistema operativo 'beta' da far girare su di un server con otto processori 'T-Rex Ultra' a tre stati appena sfornati dallo stabilimento locale. Il microcodice di Andrea e il sistema operativo di Ludwig, ci hanno detto, erano già stati caricati,"

"Strano, non mi hanno chiesto neanche l'ultima versione..." commentò Ludwig interrompendo il collega mentre inforcava il fritto misto di pesce.

"Infatti... ma ora capirai perché: innanzitutto, non eravamo in fabbrica ma l'evento è avvenuto all'Amberexpo."

"Sarebbe?" chiese Michele.

"Il centro congressi di Danzica. Con giornalisti accreditati e telecamere."

"Ah, ok."

"Insomma, abbiamo verificato il sistema operativo. Tutto a posto. Provato le velocità dei processori coi programmi benchmark di mercato. Tutto fantastico: numeri eccezionali, capacità di elaborazione pazzesca. Poi, hanno preso il server con la parte che dava la vista sui processori, illuminata per l'occasione da strisce di led azzurri e lo hanno trascinato in mezzo al palco ed esposto alla stampa che ha iniziato a fare foto e video, c'era anche Netflix, per un documentario sulle new tech."

"Grande! C'era anche lo squalo?" chiese Michele, fingendo un interesse superficiale.

"Sì, sì, Bianchetto in doppiopetto era sul palco insieme a Carboncny, il responsabile della produzione processori dello stabilimento polacco. Anche se Bianchetto stava dietro ad un plexyglass gigante con mascherina e guanti."

"Praticamente un lancio ufficiale!" disse Ludwig.

"Sì: luci suoni, anche le hostess con gran stacco di gamba!" disse entusiasta Fausto "E questi!" continuò, estraendo con orgoglio portachiavi di schiuma a forma di trilobite stilizzato. Due li regalò ai colleghi: "Purtroppo di T-rex con gli occhi led che si illuminano ne ho solo uno e me lo tengo io".

Si misero a ridere, riconoscendo la debolezza comune a tutti i nerd informatici: il gadget esclusivo.

"E dunque? Dove sta lo scoop? Abbiamo fatto sì, oppure no, una figura di merda internazionale?" incalzò Ludwig.

"No, no: tutto a bomba." Disse NeFausto che sorrideva sotto i baffi all'aroma di Marlboro.

Michele lasciò al collega godersi l'attimo di attenzione, sapendo che viveva per quello, e si impose il silenzio addentando un grosso angolo di lasagna.

"E allora?" disse il panciuto amico, che aveva già spazzolato il piatto di frittura.

"Allora, allora... dopo aver smontato tutto, quando stavamo per andare via e probabilmente Bianchetto era già sul jet per tornare a Trieste coi suoi gorilla sovietici, i tecnici polacchi sono andati a fare selfie con le hostess e a gozzovigliare tra i rimasugli del rinfresco per i giornalisti a base di caviale, champagne e vodka. Allora io ho dato un'occhiata alle schede madre dotate dei nuovi processori di Trilobit. Dopotutto era la prima volta che avevamo l'occasione di vederli dal vivo!"

Ludwig, con la bocca ustionata da una minestra d'orzo a temperatura lavica fece cenno a Fausto col cucchiaio di proseguire.

"Attak! Erano incollati con l'Attak: non potevano funzionare! Allora ho ispezionato il resto dell'armadio e, nascoste in un doppio fondo, c'erano sei schede madre immerse nell'azoto liquido collegate al sistema. Erano loro che facevano i calcoli: ciascuna aveva dodici processori AMD® Epyc® 7H12 da 64 core. Seicentomila euro solo di processori per tenere su il bluff, capite? Il mio sistema operativo aveva girato su un simulatore tenuto su da una caterva di AMD super performanti sotto ghiaccio!"

Michele e Ludwig rimasero in silenzio, probabilmente attraversati dallo stesso pensiero. Offrirono il pranzo a Fausto ringraziandolo per i gadget e, appena tornati al lavoro, mentre il collega cercava ancora parcheggio con la sua rugginosa Range Rover, si collegarono ciascuno al proprio sito di home banking tramite PC aziendale e ordinarono delle vendite allo scoperto su Trilobit, detti in gergo 'short'. Finalmente Michele aveva trovato un diversivo, qualcosa a cui appassionarsi, fosse stato solo l'indice di borsa dell'azienda in cui lavorava, nella speranza che fallisse, ma almeno lo teneva vivo. Ogni punto al ribasso del titolo sarebbe stato un guadagno per lui. NeFausto arrivò molto dopo: oltre ad aver parcheggiato lontano, aveva attraversato con troppa disinvoltura la 'zona Thor', per cui era rientrato nell'open space con ai piedi solo i calzini.

Caso volle che quello fosse stato anche giorno di paga e, quasi automaticamente, senza rendersi nemmeno conto che riguardasse lo stesso argomento, sia Ludwig che Michele vendettero le azioni di Trilobit che costituivano più di metà dello stipendio mensile. Per loro due era una prassi da sempre: il quindici del mese arrivava la paga e il sedici avevano già capitalizzato le azioni in denaro. I soldi, tra l'altro, arrivavano in un solo giorno perché sulle azioni percepite con lo stipendio dei dipendenti, l'azienda aveva una prelazione con rimessa diretta, per cui, puntualmente, su richiesta dei dipendenti le incamerava cedendo in cambio il liquido istantaneamente e senza commissioni. Era il valore delle azioni aggiunte allo stipendio a ripagare gli impiegati da noia, stress e maltrattamenti, poiché trasformava una paga mediocre in una fonte di guadagno fuori dagli standard. La strategia di vendita immediata di Ludwig e Michele, che non avevano mai creduto nell'azienda, dava loro l'opportunità di averli tutti e subito mentre i colleghi che tenevano le azioni nel portafoglio, secondo Michele, a lungo andare si sarebbero rovinati.

Il rifiuto assoluto a tenere titoli Trilobit nel proprio portafoglio azionario era un altro punto di contatto che accomunava e rendeva atipici i due colleghi. Michele vendeva tutto perché, da bravo ex bancario, riteneva troppo rischioso percepire uno stipendio e possedere le azioni della medesima azienda. Ludwig perché doveva pagare le rate della moto, dei cibi e dei vini pregiati e tutti gli altri ammennicoli che gli rendevano comoda la vita. D'altro avviso erano i restanti colleghi. Sulla scorta delle start up americane di successo, accantonavano i titoli generosamente distribuiti dall'azienda e, fino a quel momento, sembrava avessero avuto ragione. Il valore di mercato delle azioni cresceva costantemente e chi era lì dall'inizio, come ad esempio Luz, Igor e Fausto, poteva contare su un bel gruzzolo teorico che aumentava di valore ogni giorno, tanto da far sperare che di lì a poco non avrebbero più avuto bisogno di lavorare.

Nel file extra da consegnare alla Tassani, Michele descrisse i fatti raccontati da NeFausto, citando la fonte, e aggiunse quello che lui chiamava 'la lista dei quiz'. Una volta al mese, infatti, oltre ai soliti report giornalieri, vi era questo file che comprendeva tutte le tracce di informazioni non correlate al resto e che spuntavano come mosche bianche nel mare magnum della mole di dati contenuta nella pancia di Trilobit. A volte erano pezzi di conversazioni, a volte solo dei codici o dei nomi sconosciuti che le sonde informatiche di Michele, delle specie di virus inoculati nel sistema della sua azienda, catturavano, anche se l'informazione persisteva nei sistemi solo qualche decimo di secondo.

Nel tempo aveva individuato quelle che a naso gli sembravano delle radici comuni tramite le quali raggruppare quelle informazioni orfane. C'era innanzitutto il 'gruppo dei nickname': nei mesi aveva raccolto una lista di nomi che potevano essere personificazioni dei colleghi in avatar o nomi di computer, dei quali però non aveva trovato riscontro né fuori né dentro la rete aziendale; aveva incontrato un paio di volte 'Am0n', tre volte 'Nab3rius' e anche '4as', 'Bath1n' e '2fur' e non ne capiva l'origine. L'ispettore Barbara Tassani non sembrava esserne particolarmente colpita, ma Michele sentiva che dovevano significare qualcosa. Poi c'era il gruppo di frasi inquietanti, beccate in chat temporanee. Le preferite da Michele erano: 'lui e i suoi droga party', 'velocità subsonica' e 'protossido, per farlo'. Anche queste non interessavano apparentemente alla D.I.A. Oltre a ciò, aveva notato un consumo di corrente elettrica globale di Trilobit superiore del 20% a quello stimato da lui in base ai calcoli di consumo medio per le apparecchiature in dotazione. Stavano cercando extraterrestri a favore di SETI con server nascosti? Qualcuno stava rubando corrente elettrica dell'azienda? Bianchetto aveva una seconda azienda fantasma? Questo Michele lo ignorava, ma il file 'la lista dei quiz' che di mese in mese si allungava e diventava più consistente, spesso gli faceva compagnia rimbalzando nel suo cervello durante i tragitti in bus.

Nel frattempo, una certa agitata eccitazione aveva percorso la stanza e i suoi colleghi si erano raccolti attorno al tablet di NeFausto. Vincendo la barriera data dall'odore di posacenere che emanava il disgraziato ragazzo, Michele, in virtù della sua statura, si avvicinò per ultimo e scorse, sopra le teste degli altri, nel monitor del collega, quello che sembrava un video porno amatoriale. Nulla di eclatante considerando le cose che ogni tanto mostrava NeFausto. Michele intercettò con sguardo interrogativo Ludwig che con faccia sorniona gli fece cenno di attendere. Dopo svariati minuti di contorcimento, la protagonista fu inquadrata in faccia e un'esplosione di stupore uscì in coro dalla bancata intera.

"Figa, ma è Luz!" gridò candido Filippo, uscito per un attimo dal suo ruolo di caposquadra integerrimo.

"Hai capito la santerellina?" commentò soddisfatto NeFausto che si godeva il momento di gloria.

"Sportiva la ragazza." commentò Andrea che in via del tutto eccezionale era uscito dal suo mondo taciturno.

"Uè, ma questa è una cosa mondiale!" continuò a commentare Filippo accomunato per una volta al branco.

"Tute cagne, le babe ah?" pronunciò ermetico Igor, con la sua indistinguibile classe, mentre assisteva al filmato che ritraeva l'odiata collega e le performances aerobiche del partner di colore, nel video trovato chissà dove da Fausto. Ovviamente, la titolare dei commenti era assente.

Mentre il corto filmato girava per l'ennesima volta, sempre accompagnato da cori da stadio quando il nerboruto attore faceva goal, spuntò la voce e la testa bionda di Christeban.

Christeban Larsson era la punta di diamante svedese degli stagisti di Igor. Era 'il ragazzino' che installava i PC per tutti e curava i server di Trilobit. Avrebbe meritato un posto da sistemista ma il caso aveva voluto che finisse sotto le avide mani di Igor, per cui il suo destino era di rimanere schiavizzato a vita.

"Quella no è Luz." affermò assertivamente.

"Geloso?" chiese NeFausto prendendolo un po' in giro con aria di sufficienza.

"No, quella somiglia a Luz ma no è Luz." disse convinto, nel suo stentato italiano, l'albino tatuato e ricoperto di piercing.

"Come fai ad esserne così certo?" chiese sereno Ludwig.

"Lei ha tre nei tipo triangolo equilatèro vicino a patat." disse il collaboratore emaciato di Igor.

"Equilàtero, dici?" chiese incuriosito Ludwig.

"Patat dici?" chiese inquietato Filippo.

"Sì, là a destra." disse il ragazzino, prendendo in mano il tablet e indicando la parte interessata su un fermo immagine di un primo piano che non lasciava margini alla fantasia.

"E come fai a saperlo?" chiese NeFausto con una punta di malcelata invidia.

"Io accompagnata a fare tatuaggio tre mesi fa, proprio là. Da mia amica Agneta, che fa tattoo gotichi nordici. Eee... io visto bene!"

"Apperò! E bravo Chris, 100 punti al bimbo. Comunque, storia piuttosto croccante." commentò Filippo chiudendo il discorso. A quel punto tutta la bancata si dissolse portando grande rispetto per Christeban (l'uomo che l'aveva vista dal vivo) e reso Fausto bersaglio di numerose prese in giro per le settimane successive per il falso scoop.

Negli anni gli esercenti cinesi avevano aperto un numero sempre maggiore di attività a Trieste, proponendo inizialmente ai clienti merci disparate e mal accoppiate come in dei bazar ma disposte sugli scaffali tipici dei supermercati. Col tempo, vendere un po' di tutto era diventata un'arte per loro, ma malgrado la loro peculiarità, i piccoli esercenti in pochi anni furono spazzati via dalle grandi catene (sempre cinesi). La vastità dei locali e la varietà delle merci proposte di questi nuovi supermercati del tutto e del niente, costituivano un ottimo alibi per far incontrare senza destare sospetti persone di estrazioni molto diverse, come ad esempio un commissario di polizia e i suoi informatori. Una giovane donna dal naso un po' pronunciato e due occhi che lasciavano trasparire acuta insolenza, stava esaminando dei mortai di marmo quando venne avvicinata da Michele, che aveva individuato il suo caschetto di capelli neri fra la paccottiglia ordinatamente esposta. "Novità dalla Polonia" disse l'infiltrato.

"Incredibile quanto pesino questi cosi: non siamo più abituati a un mondo di oggetti di solida pietra" rispose la funzionaria della D.I.A., allungando il mortaio a Michele. I suoi muscoli confermarono: non si aspettava un oggetto di quel peso, e il movimento con cui fece scivolare la chiavetta USB nel mortaio fu più goffo di quanto avrebbe voluto. Ricevuto il mortaio, Barbara Tassani afferrò il pestello e colpì ripetutamente il fondo prima di riporre l'arnese sulla mensola a fianco dei suoi simili. Michele rimase congelato sul posto, sciogliendosi solo dopo aver avuto coraggio di buttar dentro l'occhio e constatare che sul fondo del mortaio non giaceva un pestato di plastica e circuiti integrati ma solo una polvere indefinita di colore giallo. Il gioco di prestigio aveva funzionato. "Dovrebbe essere la chiavetta che ti ho dato per lo scambio dati, non sta porcheria coreana." disse asciutta la poliziotta infilando le mani nel corto impermeabile colorato e depositandovi il dono di Michele.

"Preferisco usarle una volta sola." ribatté Michele accampando una scusa al volo, guadagnandosi in cambio uno sguardo in cui il fastidio copriva la compassione.

"Qualcosa che vuoi anticiparmi, o che non hai potuto mettere nei file?" aggiunse, muovendosi verso un'altra corsia.

"Ho ragione di credere che la ditta farà il botto. Presto."

"Ho ragione di credere che molti vorranno approfittarne. In quanti siete ad avere la notizia?"

"Io, Lud e NeFausto"

Dionigi, Sossi, Furlan, appuntò mentalmente il commissario. Di sicuro, i diminutivi non erano nei file.

PROGETTUALITÀ

Acquistare le boccette di collirio era stato semplice. Am0n ci aveva messo pochissimo a raccattare il quantitativo necessario. Prima aveva trovato il Tetramyl, dieci lacrime monodose da 0,5 ml. Più conveniente per i suoi scopi risultò l'Eyedec, contagocce da 10 ml. Almeno non doveva aprire tutte le gocce di plastica come col Tetramyl e mungerle in un bicchiere. Ma fu la Tetrizolina Carlo Erba, coi suoi grassi 100 millilitri in una sola confezione che velocizzò i piani di Am0n.

Il liquido letale dunque c'era. Il problema era infilarlo in una bottiglia di Champagne. Per cominciare a far pratica prese un paio di bottiglie di spumante di basso costo. Con un cutter tagliò la stagnola subito sotto al collare della prima bottiglia e la tolse con la massima delicatezza. Svincolò la gabbia che teneva il tappo, riponendola vicino alla stagnola e rimosse il tappo col classico scoppio.

Google: rimettere dentro tappo spumante. Risultato più convincente: 'Tramite makkinari'. Accidenti. Prese la bottiglia aperta inutilmente e iniziò a versarsi bere.

Ci aveva messo molti mesi, più di un anno in effetti, a recuperare informazioni sul dark web e a procurarsi gli strumenti per progettare e realizzare la forma dei due gusci in carbonio per comporre il suo aero missile stealth della morte. Quante macchine da lavorazione aveva acquistato e quanti software aveva cercato e piratato tramite i server di Trilobit per raggiungere il suo scopo! Finalmente, quella notte, 2fur era riuscito nell'intento e aveva finito di produrre i cinque gusci e le cinque pance dei suoi modelli. Quanti studi di aerodinamica, tecniche missilistiche e fisica del volo aveva usato e imparato per ottenere la forma definitiva di quelle cinque potenziali macchine volanti complete! I motori ce li aveva lì, sul bancone, da tempo; finalmente il suo primo esperimento stava per svolgersi. Il test numero 1 doveva servire per capire le prestazioni di volo della sua invenzione. Decise di dotare, dunque, il prototipo oltre che di uno dei cinque motori *Jetcat P220 RXi* pagati a caro prezzo, di un serbatoio in ergal sottilissimo da 4 litri riempito di benzina speciale, una schedina per l'autoguida e telemetria e infine un trasmettitore UHF per mandare i dati direttamente alla sua antenna posta sul tetto del capannone. Oltre alla dotazione di viaggio, aveva aggiunto una discreta quantità di piombo sulla punta, quasi un chilo, per simulare il peso dell'esplosivo.

Non aveva inserito nessun sistema di guida da terra: l'aeromodello era a perdere e doveva solo andare in quota e seguire una traiettoria circolare predeterminata fino a esaurimento del carburante per raggiungere la massima velocità. Il motore era capace di sviluppare 220 Newton di forza e tutto l'aero missile raggiungeva a malapena i 7 Kg e mezzo col pieno di benzina. 2fur aveva compiuto un vero miracolo. Doveva soltanto finire di perfezionare la rampa di lancio a fionda e poi direzionare il suo mezzo in mezzo al golfo; l'idea era di lanciarlo la prima notte di condizioni meteo accettabili da Monte Grisa e poi analizzare i dati della traiettoria. Mancava poco.

Aveva recuperato il protossido d'azoto facilmente, gli era bastato andare in un negozio di auto tuning e comprare una bombola con quattro chilogrammi di protossido d'azoto. Ora doveva capire come far convivere separatamente questo gas e dell'olio vegetale in una bottiglia di champagne e azionare il tutto a distanza o a tempo. Con un attacco rudimentale fatto di 'acciaio liquido' bicomponente, silicone e scotch americano, provò a collegare la bottiglia magnum da champagne alla bombola e aprì la valvola. Lo champagne può avere fino a 6 bar di pressione, in una bottiglia, ma Nab3rius non lo sapeva, per cui i 60 bar della bombola diedero un unico ovvio risultato: nel giardinetto dietro a casa di Nab3rius si sentì un forte scoppio seguito da un rumore di sfiato gassoso. Erano le dieci di sera, alcune luci dalle finestre degli edifici vicini si accesero. Si sentì qualche finestra e qualche portafinestra aprirsi. Sarà stato il gas esilarante rilasciato o lo spavento dovuto allo scoppio improvviso, ma Nab3rius, celato nell'ombra, improvvisò un: "Auguriiii! Cin! Cin!" e scappò via trascinandosi dietro la bombola che sfiatava le ultime atmosfere di gas. Esperimento fallito.

Tornato a casa incolume e un po' stordito, si sedette al PC e scrisse su Google: 'piccole bombolette di gas esilarante', di solito cercava NOS oppure protossido d'azoto, ma visto l'effetto riscontrato su di lui, gli era uscita quella bizzarra chiave 'esilarante'. Il risultato fu però molto soddisfacente: 'Ricariche per diversi modelli di CryoPens, 24 pezzi da 8g, Gas esilarante', erano delle bombolette identiche a quelle per il selz, o per le ricariche da sifone per panna montata, solo riempite del prezioso gas.

"Bingo!" tornò in terrazzino e gridò di nuovo a tutto il vicinato: "Auguriiii!!!" e andò a dormire.

Aveva comperato una bella siringa dall'ago grosso in farmacia, ed era arrivato il momento di provarla sulla seconda bottiglia di test. Perse quasi quindici minuti per attraversare con l'ago il tappo di sughero facendo attenzione a non romperlo. Quando raggiunse il collo della bottiglia, l'anidride carbonica e l'odore del vino iniziarono ad uscire dalla siringa aperta, fino a che il livello dello spumante si stabilizzò. Prese allora il collirio, lo versò nella siringa da dietro ed infine inserì lo stantuffo. Per quanto si sforzasse, non riusciva a scendere più di mezzo centimetro. Si appese sulla siringa, fece un po' di su e giù ma ad un certo punto si arrese, l'ago era irrimediabilmente piegato e il collirio non voleva saperne di entrare in quella maledetta bottiglia. Nuovo impasse per Am0n. Un palmo della mano dolorante e una bottiglia da buttare. Buonanotte e sogni d'oro.

Bath1n ci aveva pensato a lungo prima di capire che l'unica soluzione al suo dilemma era far fuori Bianchetto. Nab3rius aveva ragione, anche se non sapeva che Bath1n gli aveva carpito questo segreto spiandolo tramite la rete di Trilobit.

Dopo due settimane di ponderate considerazioni si era deciso di pianificare anche lui la morte del suo capo e dunque poteva contare su un paio di mesi per architettare il suo piano. Nab3rius e il suo balzano piano della bomba di protossido in bottiglia era semplicemente infantile e inelegante. Lui doveva usare le sue capacità di informatico, per uccidere il capo. Fortunatamente, quella boccaccia larga di Nab3rius gli aveva anche confidato dell'esistenza del progetto Velociraptor e del suo battesimo alla Barcolana. Lo aveva fatto quando finalmente aveva capito chi fossero gli otto privilegiati che avevano usurpato l'ufficio di Luz con tanta urgenza. Erano gli sviluppatori per il software di controllo della barca. E quello sarebbe stato il suo cavallo di Troia: il sapiente uso delle backdoor di Panagea X che sarebbe stato usato per pilotare la barca verso la distruzione.

Prese carta e penna e fece una lista di possibili modi per sabotare il mezzo ed eliminare l'imprenditore:
Sistema di guida (schiantare su scogli e/o altra barca)
Sistema vele (colpo di boma in testa a massima velocità)
Pompe di sentina e chiusura boccaporti (affondare la barca con lui dentro)
Batterie (sovraccaricarle e far esplodere la barca)
Attaccò il foglio davanti al letto e si addormentò fissando la lista.

Attese che le 'sanguisughe', come le definiva lui, fossero andate via. Lui odiava i suoi dipendenti. Generatori di problemi, costo ineluttabile per l'azienda e portatori di malattie. Di fatto, erano i figuranti inconsapevoli ma necessari della sua commedia chiamata 'Trilobit', tirata su per drenare soldi al prossimo. Quando anche Igor se ne fu andato via, trascinandosi dietro il clangore della trasmissione prossima alla rottura del suo scooter scalcagnato e il denso fumo carico di miscela incombusta si fu diradato del tutto dalla via, apparve alla sua porta 'Danko'.

'Boris' era il nome generico con il quale Bianchetto chiamava indifferentemente ciascuno dei suoi tre autisti, 'Danko' era il nome che dava per convenzione al primo guardaspalle, (uno dei quattro ex spetsnaz ritirati prematuramente dal glorioso corpo speciale russo), e 'ciurma' era l'appellativo che aveva affibbiato agli altri (almeno tre) che circondavano il manager paranoico.

"Via libera." Disse con poco garbo il gorilla bardato con mascherina FFP2 nera e occhiali da sole.

"Andiamo." Rispose Michelangelo Bianchetto. Si soffiò per l'ultima volta il naso, indossò la doppia mascherina facciale, i guanti in lattice e la visiera in plexiglass.

Percorsero velocemente la via più breve per il parcheggio. Il manager era praticamente invisibile, nascosto tra i corpulenti ex militari di due spanne più alti di lui ed entrarono nella blindatissima Mercedes-Benz G63 AMG anti granata, nella quale il manager si lasciò cadere come un sacco di patate. La preziosa ammiraglia era seguita e preceduta dai Range Rover. Tutti i mezzi erano di colore grigio 'Nardo' opaco. Il convoglio si mosse come se le macchine fossero agganciate rigidamente tra loro per quanto gli autisti erano abili a partire e frenare contemporaneamente. Percorsero in realtà poche centinaia di metri, giusto il tempo di far arrabbiare Thor da dietro il cancello della carrozzeria che era del tutto indifferente al suo riflesso nei mezzi (come invece pensava Michele) ma che sentiva con fastidio l'odore di cera e nero gomme passargli davanti. Giunsero in pochi istanti nell'hangar del progetto 'Velociraptor'.

"Sono andati tutti via?" chiese con il padrone.

"Tuti trane capo progeto." disse in italiano stentato 'Danko'.

"Allontanatelo." Attese che i suoi cani fedeli eseguissero e poi scese ad ammirare le curve della sua nuova amante. Lo scafo era oramai ultimato e finito con la vernice. Bianchetto si permise il lusso di toccare a mani nude la perfetta satinatura della linea di galleggiamento, di saggiare la leggerezza del timone che era ancora da montare e di percorrere in orizzontale l'albero appoggiato sui cavalletti, lungo quasi come tutto il capannone. Notò con piacere che il pavimento di resina bianca era appena stato spazzato e disinfettato: apprezzava la pulizia e l'inconfondibile odore di Lysoform.

"Qual è la deadline per il cablaggio?" chiese al capo progetto piantonato in fondo al capannone."

"Tra due venerdì, signore." Urlò il tecnico.

"Lo voglio per il prossimo venerdì."

"Ma..."

Bianchetto fece un cenno ai suoi, al fine di farsi portare via, lasciando il capo progetto, del quale a nessuno importava il nome, solo e al buio in fondo al capannone con un grosso problema imprevisto sulle spalle e poco tempo per risolverlo.

A Bianchetto non serviva quell'anticipo di programma. Aveva fatto quella richiesta stringente solo per il gusto di esercitare il potere, sapendo che, tenendo sotto scacco le risorse, si ha più autorità, perché si sentiranno in difetto, e non faranno domande, impegnate a soddisfare la sfida artificiosa posta dal capo. Con un ghigno celato dalla mascherina guardò l'uomo costernato e si fece portare a casa.

BLUE SCREEN

Alla stregua dell'etologo Konrad Lorenz, senza pretendere di scoprire dei princìpi fondamentali come l'imprinting, Michele attendeva con eccitazione 'l'evento'. Teneva da giorni sempre in primo piano il grafico in tempo reale della quotazione di Trilobit S.p.A. che stava più o meno adagiato su una retta in lieve salita, come poteva esserlo un lungo verme su un ramo di ciliegio. L'ex bancario aspettava che il titolo crollasse giù a picco non appena la notizia dei processori fasulli fosse trapelata. In quel momento, oltre che godere per il guadagno potenziale dato dallo 'short', avrebbe avuto l'opportunità di studiare i comportamenti della colonia di scimmie che abitavano il suo open space. Questo piccolo brivido, questa attesa di una gioia addivenire, gli dava ogni mattina la carica per scendere dal letto con inusitato entusiasmo e arrivare al lavoro più pimpante che mai. Compiva i suoi doveri con insolita solerzia per avere più tempo da dedicarsi poi alla contemplazione della quiete prima della tempesta.

E venne il giorno. Ma non accadde nulla (o quasi) di quanto aveva previsto nei suoi film mentali. Innanzitutto, si era sempre immaginato che il tracollo sarebbe avvenuto di venerdì. Possibilmente con pioggia.

Accadde di martedì e non vi era una nuvola in cielo. La notizia, inoltre, non arrivò tramite i canali di Borsa o d'informazione. Anzi, il tutto fu anticipato da Bianchetto stesso dopo che, per la prima volta, la quotazione di Trilobit era scesa di prima mattina, in controtendenza con il mercato che in quei giorni cresceva costantemente. Un piccolo scostamento, un meno zero e dieci percento su un indice FTSE MIB inizialmente di poco positivo, ma tanto bastò per mettere in allarme tutti. Ciascuno dei colleghi di Michele aveva il suo modo di tenere sotto controllo il proprio patrimonio. Molti avevano degli alert che partivano sul PC dall'applicazione di home banking, con finestre colorate e lampeggianti oppure mail di alta priorità, altri avevano impostato da tempo avvisi nella app della banca e NeFausto, addirittura, riceveva le informazioni tramite suo padre che monitorava la Borsa sul Televideo. Questi erano i prodigi comunicativi del terzo decennio degli anni Duemila. Di fatto, al momento del piccolo crollo, l'ufficio iniziò a essere bombardato da allarmi visivi e sonori, soprattutto provenienti dagli smartphone. A Michele sembrava di essere in un sottomarino intercettato da un siluro autoguidato. Michele e Ludwig, rilassati sulle rispettive sedie girevoli, ostentavano indifferenza ciondolando a destra e manca e distribuendo sorrisi di circostanza ai colleghi in affanno. In poco tempo tutti si erano collegati con i laptop aziendali sull'immagine del verme stanco che iniziava a pendere dal ramo. Ed ecco, in quel momento, l'evento inatteso. La solita impenitente realtà che supera la fantasia di chi, pur avendo una informazione privilegiata su di un avvenimento futuro, non può immaginare l'epilogo della storia, come Michele. Tutti i dipendenti dell'azienda vennero richiamati a sorpresa in una videoconferenza lampo da Bianchetto.

Decine e decine di copie dell'arrogante manager apparvero contemporaneamente negli uffici, ed erano tutte sinistramente sorridenti e paciose, una sorta di Sai Baba dell'high tech. Non aveva ombre e i colori erano insolitamente saturi e di tonalità pastello, come una brutta telenovela. Altroché la sit-com partorita dalla fantasia di Michele, quella era una puntata reale in onda su 'TeleTrilobit'!

"Cari amici, vi ho convocati oggi, senza preavviso, per parlarvi di quanto sta accadendo al valore della nostra azienda in Borsa. Come avete visto, questa mattina vi è stata una leggera svalutazione del titolo di Trilobit S.p.A."

Filippo si era tolto la giacca, rivelando grossi aloni di sudore blu che chiazzavano la sua camicia azzurra.

"Devo confermarvi che questa discesa del titolo continuerà per un po'. Ma, credetemi, questa è una crisi transitoria dovuta ad un'incomprensione avuta con alcuni azionisti e in via di risoluzione."

NeFausto continuava a premere nervosamente il tasto F5 del portatile per aggiornare il valore dell'azione sul suo prospetto di banca e ad ogni giro, peggiorava di più: il verme, ai suoi occhi, si stava per suicidare balzando giù dal ramo. Andrea faceva la stessa cosa col refresh della pagina di Borsa del suo telefonino.

"Tenete duro, abbiate fiducia. Tutto si sistemerà."

Questo laconico epitaffio chiuse la videochiamata lasciando per un attimo l'ufficio di Michele in un silenzio totale. Per la prima volta in quell'ufficio, si riuscì a sentire il cinguettio dei passeri sugli alberi davanti al loro finestrone. Durò poco. Timidamente i primati del suo open space iniziarono ad avere il coraggio di guardarsi tra loro negli occhi e a comportarsi da tribù, a scambiarsi opinioni ed emozioni, ad avere coscienza di classe. Non erano più accomunati solo da aria, sole e odio.

Michele e Ludwig stavano già guadagnando un po' grazie alla loro speculazione: il verme iniziava a pendere dal ramo già di parecchi centimetri. Fu in quel momento che Igor, grande assente fino a quel momento, irruppe nell'open space. Bianco come uno straccio e col fiatone esclamò platealmente: "Incredibile, incredibile!"

Tutto l'ufficio ebbe immediatamente la sua attenzione.

"Rivo ora da uficio di Bianketo. Mai vista roba de genere: luci, make-up, e discorso scrito! Tipo Olivùd!"

Insospettabilmente intervenne il taciturno Andrea: "Intendi dire che sta cosa era preparata?"

"Io penso, proprio sì." Commentò laconico il pugile.

Il silenzio successivo fu rotto da Ludwig: "Non vi sembra strano?"

"Cosa? Cosa?" Chiese Luz stizzita.

"Questo silenzio..."

Si guardarono in giro: tutto era spento. Blackout e telefoni muti.

"Cavolo, abbiamo appena installato i nuovi telefoni wi-fi: se va via la corrente non funzionano!" diagnosticò colto da panico, Filippo. Estrasse istintivamente il suo Samsung pieghevole, telefono all'ultimo grido per i nerd con qualche soldo in tasca nel 2023 e, rovesciandolo sul lato per aprirlo e rivelarne lo schermo intero, pigiò per qualche attimo le icone sullo schermo touch ed esclamò: "Minchia, che paranoia! Non c'è neanche campo!"

Tutti presero i loro telefonini: nessun operatore raggiungibile. NeFausto, senza dire niente a nessuno, corse fuori dall'ufficio. Luz prese la preziosa borsetta e lo seguì, salvo poi tornare indietro una volta arrivata alla porta. Poi ripartì. E così via per due o tre volte. Ludwig, divertito, chiese a Michele: "Perché la gallina attraversa la strada?"

Evidentemente da un lato Luz voleva andare da Bianchetto per chiarire la situazione, ma dall'altra si sentiva tradita dal suo stesso capo e giungendo alla porta provava un netto senso di repulsione e il bisogno di disfarsi delle azioni: "Hijo de puta madre", diceva ad ogni passaggio e il corpulento informatico rideva.

Andrea e Ludwig assistettero divertiti per diversi minuti alle lamentele e imprecazioni disperate dei colleghi, prigionieri della gabola tesa dal loro grande capo fino a che NeFausto tornò trafelato: "Ho venduto: ho perso solo il 12%: la cabina pubblica qui fuori funziona".

La mezz'ora successiva dovrebbe essere raccontata da un commentatore sportivo avvezzo ad analizzare le partite di rugby. Filippo, Luz e Andrea seguiti da Michele e Ludwig, che non volevano perdersi lo spettacolo, si precipitarono fuori dall'ufficio incontrando diversi avversari degli altri uffici che volevano contendersi il telefono pubblico. Gli osservatori si misero in disparte mentre i tre disperati parteciparono alla grottesca scena che prevedeva cadute di monetine, di persone, di stile e poi di denti e di nuovo di persone. Quel singolo telefono Telecom divenne l'ambito trofeo d'acciaio di mezza Trilobit, l'oggetto irraggiungibile. Dopo che molti ebbero la peggio e pochissimi la fortuna e la prontezza di avere la monetina al momento giusto, avere tempo per agguantare la cornetta rossa per telefonare prima che arrivasse loro un pugno nella schiena, ricordarsi le password da dare all'operatore di banca e vendere, tornò la corrente elettrica. E dunque l'onda di risacca umana riportò i contusi dipendenti di Trilobit alle loro postazioni, carichi di tensione, rabbia, odio, lividi e disperazione, fissando impietriti il riavvio della rete come annunciato dai loro laptop. Luz aveva rotto un tacco, Filippo perso l'aplomb e Andrea riportava un vistoso segno alla gola, risultato di una strattonata al suo cappuccio della felpa.

Era passata solo un'ora e mezza dall'annuncio bonario di Bianchetto. Trilobit S.p.a. era sotto del 28% dopo due sospensioni per eccesso di ribasso. I colleghi di Michele, a metà mattina, finalmente riuscirono a svendere i loro titoli. Ludwig e Michele invece, incassarono la loro scommessa truccata.

Poco prima di pranzo, tutti avevano tirato le loro somme. NeFausto aveva perso meno di tutti, vendendo per primo. Filippo aveva venduto solo metà delle sue azioni, dicendo che con quel capitale avrebbe comprato sul rimbalzo tecnico per tornare a pari oppure, se il titolo fosse sceso avrebbe perso solo metà del capitale a rischio. Luz e Andrea avevano perso più di tutti. Non sapendo nemmeno come contattare la propria banca avevano perso moltissimo tempo per capire come vendere le loro azioni. Igor era semplicemente sparito e Christeban era sereno perché, come stagista, non aveva azioni. Ludwig e Michele, avuta conferma della loro redditizia speculazione in Borsa contro Trilobit dalle loro rispettive banche, presero sottobraccio NeFausto e se lo portarono a pranzo. Michele fece qualcosa in più: reinvestì quanto guadagnato di nuovo su Trilobit puntando un acquisto ad un valore molto basso, sperando poi nel rimbalzo tecnico, come suggerito da Filippo. Quando sei sull'onda giusta, becchi anche tutte le successive al momento giusto, pensò.

Non avevano nemmeno scorso il menu che squillò il telefonino di Fausto: "Cooosaaaa??? Sta scherzando?" Il resto fu una serie di gesti di disperazione che gli avventori della trattoria videro attraverso la finestra che dava sulla strada, compreso un calcio ad un portone e una lunga sequenza di bestemmie percettibili anche senza sentire il vocale.

"Non sono riusciti a vendere." disse sconsolato agli amici mentre si sedeva disperato al tavolo "Che sfiga... la procedura si è bloccata e non hanno potuto richiamarmi perché li avevo contattati dal telefono pubblico... e ora il titolo è di nuovo sospeso per eccesso di ribasso, siamo a meno 46%." Questo ultimo evento lo promosse a primo nella classifica delle perdite dell'ufficio. D'altra parte, non aveva quel soprannome per caso.

Tornati in sede, videro che il titolo stava timidamente riprendendo. A quel punto NeFausto rimase immobile sperando in un recupero. Ludwig, vedendo la ripartenza scommise anche lui sul rimbalzo tecnico e ricomprò le Trilobit svalutate. Michele era già in gara e aveva comprato in automatico il titolo praticamente nel punto più basso della giornata grazie alla sua intuizione.

Dopotutto, scommettere sul rialzo assieme ai colleghi era, inconsciamente, un modo per Michele e Ludwig di sentirsi finalmente di nuovo parte dell'ufficio.

E infatti il titolo riprese quota, Filippo ricomprò subito come preannunciato, NeFausto c'era dentro fino al collo per cui non poteva che spingere col pensiero quel maledetto grafico verso l'alto, Luz ci mise molto a rientrare, e lo fece solo dopo il riluttante Andrea. E così fece il resto dei colleghi. Ma oramai il danno era stato fatto.

Alla chiusura dei mercati, Trilobit era sotto 'solo' del 6%. E a parte Michele e Ludwig che avevano speculato bene, tutto il resto di Trilobit ci aveva perso. Dal 6% dei pochi, come NeFausto che non aveva venduto né comprato e stando fermi avevano fatto la mossa giusta, al 10% di Filippo che aveva parato il colpo col vendi e ricompra metà, al 35% di Luz e Andrea che avevano venduto basso ed erano stati i più sprovveduti, non avendo avuto abbastanza liquidità da reinvestire per la ripartenza.

"In fin dei conti gaveva deto giusto" disse Igor ricomparendo dal nulla "Dovevimo scoltare Bianketo", anche lui doveva aver perso un bel po'di soldi ma non voleva ammettere quanto.

Quello fu l'epitaffio della giornata, l'inizio di una nuova era in Trilobit, quella dove all'odio verso il proprietario si aggiungeva la sfiducia verso l'azienda.

LA PRATICA RENDE PERFETTI?

Questa volta anche il corpo della siringa era in metallo e la presa aveva due impugnature di metallo tipo forbici per spingere l'iniezione con forza. Non era stato facile per Am0n trovare quell'aggeggio. Lo aveva trovato in una fornitura per veterinari. Era una siringa per cavalli.

Visto il costo del collirio, decise di fare una prova con della semplice acqua. Una bottiglia di spumante del discount costava molto meno dei preparati anti congestionanti per portatori di lenti a contatto.

Infilò il robusto ago nel tappo, prese la siringa in mano spingendo con forza... e... niente, non era entrato neanche un quarto. Provò a premere di più, poi iniziò a picchiare con forza sul fondo dello stantuffo. Alla fine, l'iniezione si compì. Tutta l'acqua era entrata nella bottiglia. Peccato che si era staccato il fondo e le scarpe di Am0n erano state inondate da un pessimo spumante brut vagamente annacquato.

Erano le undici di sera. 2fur aveva piazzato un'ora prima la sua rampa a fionda tra le radure circostanti a

Monte Grisa. Aveva caricato il potente elastico che serviva per dare lo stacco da terra all'aero missile, aveva operato i controlli di routine e lasciato i ricevitori accesi. Poi di corsa giù per la camionale per lanciare il suo primo esperimento dal controllo remoto del magazzino.

Si mise alla console. Erano solo numeri, quelli che vedeva, ma da essi avrebbe capito se l'esperimento fosse riuscito.

Diede, tramite PC, il comando di preaccensione al suo prototipo.

Codice di risposta: 12. Ok, tutto andava per il meglio. Il motore si stava scaldando e assestando sulla temperatura di esercizio.

Diede quindi il secondo comando, che serviva per lanciare il velivolo a guida automatica.

Codice di risposta: 13. Ok, la fionda aveva rilasciato la sua accelerazione al mostro volante e il motore era andato in massima alimentazione. Da quel momento in poi, per quattro minuti avrebbe consumato 0,850 litri di carburante al minuto.

Iniziavano ad arrivare i primi dati di telemetria. Altezza 359, velocità 178.

Altezza 407, velocità 291.

Altezza 523, velocità 358.

Altezza 502, velocità 498.

Altezza 512, velocità 647.

Altezza 509, velocità 717.

4 minuti, spegnimento, codice 34: finito carburante. Dopo aver girato come un pazzo per quattro minuti sul golfo di Trieste, superando i settecento chilometri all'ora, iniziava la caduta libera dell'aero missile guidata

solo dal peso del piombo sulla punta e dalla sua forma aerodinamica.

Altezza 0, velocità 235. Non male come potenziale velocità d'impatto sul ponte del Velociraptor a motore spento. Ora bisognava insegnare al razzo come si fa a catturare i dinosauri.

Finalmente erano arrivate le bombolette di N2O. Nei giorni d'attesa aveva comperato un sifone per selz e ne aveva smontato la parte che serve per innestare la carica di gas e la valvola di comando. Con gran cura, un po' come coloro che costruiscono i velieri in bottiglia, aveva posizionato con della colla il meccanismo nella Magnum e lo aveva collegato ad un cavetto da avvitare al tappo. Se tutto fosse andato per il verso giusto, togliendo il tappo, si sarebbe tirato il cavo, azionando il meccanismo del sifone e liberando il gas nell'olio. A quel punto sarebbe bastato un piccolo innesco per farlo esplodere. Andò dunque in una cava abbandonata in Carso, inserì la bomboletta di gas esilarante nella bottiglia (per fortuna era una Magnum: ci passava per un pelo), riempì la bottiglia di olio di semi di girasole, passò il cavetto nel tappo opportunamente perforato, chiuse il tappo con una imbottigliatrice portatile che apparteneva alla sua famiglia da decenni (altroché "makkinari") e fissò il cavo con dell'Attak alla sommità del tappo stesso, stando attento a non tirare troppo.

Bene, protossido d'azoto e olio stavano convivendo assieme nella bottiglia e c'era il meccanismo per miscelarli. Mancava l'innesco. Attaccò al collo della bottiglia un grosso petardo tramite un pezzo di nastro americano. Stese la miccia per una ventina di metri e si nascose dietro ad un enorme blocco di pietra e diede fuoco alle polveri. Si sentì il boato del petardo. Nulla più. Si sporse dal suo riparo e vide che una specie di maionese era fuoriuscita dalla bottiglia priva del collo. Il petardo l'aveva decapitata ma non aveva innescato la miscela. Fece un paio di passi in avanti quando una vampata di calore ed un flash lo sorpresero.

Si ritrovò a terra, avvertendo stordimento ed era cieco. Dopo aver sbattuto le palpebre per quasi un minuto, iniziò a vedere di nuovo alcuni dettagli della cava saturati di colore verde. Mentre tentava di rimettersi in piedi e di riacquistare la vista, vide che la sua felpa in pile aveva grossi buchi sulle maniche e sul petto. C'era odore di pollo bruciato e plastica sciolta. Erano i suoi vestiti e suoi capelli. Si tolse qualche frammento verde di vetro dalle mani e, giunto in macchina barcollando, li tolse anche dal viso. Fortunatamente aveva indosso gli occhiali da sole, le cui lenti erano diventate opache e tempestate da piccoli crateri che incorporavano i lapilli fusi di vetro, facendole somigliare alla superficie lunare.

Ragazzi che fiammata! Pensò Nab3rius, mentre iniziava a sentire i bruciori delle lievi scottature subite sul naso e i dorsi delle mani. Esperimento fallito ma promettente.

Batterie fatte di miliardi di strati di nanotubi di carbonio per renderle più capaci. Bambine instabili, praticamente dei grandi condensatori che necessitavano di un grosso controllo continuo della tensione interna per evitare violente scariche seguite da un incendio di tale violenza da sembrare un flash fotografico. Alcuni tecnici di Trilobit stavano approntando la modifica a Panagea X per gestire la situazione. Bath1n non vedeva l'ora che finissero le loro modifiche per entrare a gamba tesa tramite una delle sue backdoor che gli avrebbe permesso di prendere il controllo e distruggere quel bell'ammasso di carbonio impacchettato. Dovevano essere un bel po' grosse, per poter fornire l'energia sufficiente a muovere timone, vele e foil per una intera regata. Il botto era assicurato.

La versione 'marina' di Panagea era stata chiamata 'Lucy' e Bath1n non poteva fare a meno di canticchiare, mentre leggeva le evoluzioni del codice di controllo delle batterie, la nenia: "Accendi Lucy, spegni luci..." giocherellando con l'interruttore della lampada da tavolo. Il piano stava prendendo forma. Prese il foglio sopra il letto con la lista e lo buttò via, la strategia oramai era stata scelta.

Filippo era finalmente rilassato a casa. Dopo un po' di straordinario in azienda e due ore di palestra, aveva messo in carica la macchina elettrica, cenato con sole proteine e si stava apprestando ad accendere le candele sul terrazzo per fare un po' di meditazione. Il cielo era buio, a causa dell'assenza della luna, e il mare sembrava solo un enorme buco nero davanti ai suoi occhi. Si stava perdendo attorno a considerazioni sul suo futuro, sulla sua carriera e sul significato dell'ohm quando meditava, quando un ruggito squarciò il cielo. Era un jet, forse ad alta quota. Non riusciva a vedere nulla ma aveva la netta sensazione che fosse sulla sua testa. Saranno stati pochi minuti, ma gli sembrarono interminabili. Quel cupo rumore che andava e veniva, il nero dinnanzi a lui. Il futuro di Trilobit, la sua carriera, il suo curriculum. Una cosa enorme. Prese il libro degli I-Ching e buttò le monete per vedere cosa gli diceva il destino.

FATAL ERROR

Michele aveva scommesso molto con le sue speculazioni di Borsa e guadagnato più di qualche centinaio di migliaia di euro con l'operazione 'giù e su' di Trilobit. Ne era uscito più che vincitore, per cui si era ripromesso di non scommettere più la volta successiva che avesse avuto sentore di poter fare l'affare, anche perché, nel caso avesse avuto la sensazione che stava per avvenire un altro tonfo del titolo, si sarebbe sicuramente giocato tutto, per il suo bisogno di emozioni forti. 'Tutto' era un milione di euro, e la Tassani non lo avrebbe digerito facilmente. Ludwig, da parte sua, non aveva ancora monetizzato perché vedeva il titolo crescere ancora, per cui lo stava ancora tenendo, ma era pronto a venderlo.

NeFausto, nel frattempo, indagava sugli insoliti fatti accaduti il martedì nero di Trilobit. Quali erano state le cause del blackout? Come mai era sparito il segnale dei cellulari?

Nel mese successivo il morale dei colleghi in azienda cambiò di molto, gli screzi tra i dipendenti, i 'vaffa' gratuiti, rito quotidiano in Trilobit, si erano del tutto estinti. Michele si domandava se questa calma piatta fosse dovuta al fatto che i dipendenti di Triobit avessero trovato un nemico comune oppure la spiegazione era dovuta al fatto che tutti avevano capito che l'azienda era finita? Questo avrebbe spiegato l'azzeramento della competitività tra i colleghi. Michele non riusciva a capire. Dalle sue indagini informatiche risultava che le acque erano molto calme, forse anche troppo. Nessuno lavorava e nemmeno perdeva tempo su propri terminali. Avevano tirato tutti i remi in barca. Lo vedeva benissimo osservando i suoi compagni di banco: NeFausto e Ludwig. Evidentemente, dopo la Polonia, avevano capito che non vi era futuro nel processore dal nome giurassico: il processore T-Rex Ultra e il sistema operativo Panagea X erano solo una bufala per gli investitori. Anche Andrea aveva candidamente ammesso che non valeva la pena dannarsi a far funzionare dei sistemi informativi per un progetto che non esisteva.

Luz, probabilmente, era rimasta molto delusa dal capo che fino a quel momento aveva servito puntualmente. Da brava donna col sangue caliente e dalla pervicacia friulana, masticava i suoi mantra di odio misti a bestemmie verso il suo nuovo nemico. Questo, in effetti, giustificava la sua totale inattività al PC, pensava Michele.

Filippo era inintelligibile: non esprimeva il suo disappunto ma, di certo, non tesseva più le lodi del suo mentore, né tantomeno lo citava come una volta. Probabilmente cercava un nuovo lavoro altrove mentre si leccava le ferite per il disastro rischiato in Borsa.

Igor era sparito da un po'. Problemi di salute, dicevano le voci di corridoio. Dovevano essere piuttosto seri visto che Christeban era stato assunto immediatamente al suo posto, entrando anche lui nel giro dei pacchetti azionari. Non vi era più una costante nel modello comportamentale dei colleghi imparato da Michele: il modello della sit-com non funzionava più.

Nel frattempo, per ingannare il tempo, aveva comprato un libro interessante, uscito anni prima, nel 2017 ma che era diventato bestseller ai tempi del Covid, si intitolava 'Spillover. L'evoluzione delle pandemie'. Era un saggio di un certo David Quammen. Il tizio sapeva il fatto suo: aveva scritto il libro in sei anni di lavoro durante i quali aveva seguito gli scienziati al lavoro nelle foreste congolesi, nelle fattorie australiane e nei mercati delle affollate città cinesi. Aveva investigato e raccontato la corsa alla comprensione dei meccanismi delle malattie. A Michele seccava molto ammetterlo, ma il vecchio Quammen aveva indovinato il futuro: solo andando sul campo si può avere un assaggio di futuro, come NeFausto con i processori falsi. I modelli di previsione di tutti gli altri scienziati erano saltati durante la pandemia e si navigava a vista. Il mondo era pieno di Michelangeli Bianchetto imprevedibili come palline di un flipper che sconvolgevano i mercati con società tipo Trilobit. Questo non faceva dormire la notte chi da essi voleva un onesto guadagno in Borsa. L'unica soluzione erano le marcature strette dall'interno di quelle realtà pericolose, come si sarebbe dovuto fare con pipistrelli dei mercati di Whuan o i laboratori dei dintorni.

Mentre l'estate procedeva a grandi passi verso l'autunno e l'azienda pareva in stasi, Michele notava che, complici le ferie, le apparizioni di Bianchetto erano sempre più sporadiche e che, in generale, vi era troppa immobilità in tutte le attività dell'azienda. Stagnazione. Il capo stava forse preparando la fuga col malloppo come previsto dalla Tassani? Il mese di settembre portò a Michele la risposta.

Era il 4 settembre e quel giorno il report da mandare alla D.I.A. fu più corposo del solito. Diversi capitali di Trilobit erano stati spostati 'per investimento' all'estero e si preparava la fuoriuscita dall'azienda di un paio di consiglieri, cari amici di Bianchetto, con una ampia ricompensa. Inoltre, il file 'la lista dei quiz' di Michele era aumentato di un bel po'. Continuavano ad uscire nomi strani dalla rete.

La mattina dopo una sola domanda pervadeva la sua mente mentre il regolabarba faceva il suo dovere: Cosa aveva da perdere? Solo soldi. Si rispose. Cosa aveva da perdere? Solo la reputazione. Considerò. Cosa aveva da perdere? Niente. Mentre l'ufficio viveva di quella sospensione innaturale, la tentazione della roulette della Borsa continuava a bussare alla sua porta. La depressione latente di Michele iniziava a fare la voce grossa. L'apatia in cui era caduto non gli faceva temere la perdita, anzi, vedeva la distruzione come un'occasione di ripartenza. Non temeva l'annichilimento finanziario, se la contropartita era sentirsi vivo. Per cui si fece beffe delle promesse fatte a sé stesso e mentre saliva sul bus decise di chiedere ad una banca d'affari londinese di confezionargli un super derivato che scommettesse, di fatto, sul fallimento di Trilobit. Lui ci avrebbe messo tutto il suo milione di euro a garanzia.

L'operazione fu più semplice del previsto e in capo ad un paio di giorni, il suo capitale era investito, ovvero la scommessa era stata piazzata. In poco tempo quel derivato raccolse quote per altri seicentomila euro. Colleghi? Concorrenti? Scommettitori casuali? Non si poteva sapere. Lui di sicuro non aveva fatto pubblicità. Comunque qualcuno aveva deciso di scommettere come lui, il che in qualche modo lo confortava. Non era l'unico a pensarla così e se avessero vinto, avrebbero moltiplicato il loro investimento per settanta volte: magia dei super derivati. Di fatto, la finanza centrava poco: il mercato dei superderivati era solo un mezzo per accedere ad un allibratore dai massimali quasi infiniti e con scommesse personalizzate. Settembre, dunque, aveva portato di nuovo l'entusiasmo in Michele. Finalmente aveva qualcosa per cui valeva la pena alzarsi la mattina: settanta milioni di euro contro la povertà totale. Un bel brivido.

Michele non lo sapeva ancora ma, un mese dopo, pochi giorni dopo la seconda domenica di ottobre, il titolo 'Trilobit S.p.A.' sarebbe fallito, andando a zero inghiottendo i risparmi di tutti i suoi colleghi. Ma prima che potesse diventare ricco ufficialmente oltre ogni aspettativa, altri avvenimenti avrebbero sconvolto in quel breve lasso di tempo l'ufficio. Un altro accadimento che avrebbe dovuto monitorare più da vicino, un altro piccolo pipistrello ignorato: Igor era messo male, costretto in un letto d'ospedale per un non precisato tumore fulminante.

Tutto era cominciato una mattina, quando Michele vide alzarsi la testa bionda di Christeban, oramai integrato nell'open-space e seduto nella postazione di Igor. Bianchetto non aveva avuto nemmeno la decenza di tenere vuoto proforma il posto del fido collaboratore, ah che bravo manager! Il nordico portatore sano di piercing attrasse l'attenzione di tutti con un timido fischio: "Ragazzi, ma voi sapeva che Igor aveva un moglie?"

"Ma non dire cazzate, era solo come un cane, quell'essere ignobile!" Esclamò NeFausto che, da quando aveva perso fiducia nell'azienda, si era ringalluzzito. "Questo è uno scoop come quello mio di..." guardò verso la postazione di Luz e accorgendosi della sua presenza lasciò sospesa la frase.

"Guardate qua, su suo profilo Instagram, ci sono foto di suo matrimonio." Disse il ragazzino pluritimbrato, sventolando un Tablet aziendale.

"Ma che? Lo segui su Instagram?" Chiese Filippo inorridito.

"Sì, anche su Snapchat e Facebook, e sono in gruppo Whatsapp con installatori per sapere quando andare a casa sua per riparare telefonini dei capi." Disse innocente l'ex stagista schiavo.

"Lasciamo perdere, prima o poi io e te dobbiamo fare un discorsetto sulle priorità nella vita. Fammi vedere, va'." Disse Ludwig facendosi spazio tra le scrivanie con la pancia per afferrare la tavoletta: "Irina Cornichova... tipico nome italiano. E che gran pezzo di Irina!" Esclamò il corpulento collega.

NeFausto strabuzzò gli occhi alla vista della foto: "Ma sì, Irina! La più nota 'ballerina' del Blue Star, poco oltre Sešana!"

"Vediamo le altre foto." Disse Ludwig mentre sfogliava velocemente col dito sul touchscreen di cui aveva preso possesso.

"Eh sì, è proprio lei." Continuò entusiasta NeFausto, che sentiva di saperne, per una volta, più degli altri: "Sai quante volte abbiamo giocato insieme? E poi quando ti saltava addosso..."

"Ok, Ok, abbiamo capito, quindi il pugile dilettante era sposato con una accompagnatrice di professione." Disse Filippo, dando velocemente credito a NeFausto per non sentire ulteriori dettagli.

"Icreìble! In esta foto del matrimonio Igor sta su l'Audi A3 blu. Quela che 'el vice', el direttor general, voleva butare via. Almeno dos años fa." Osservò a sorpresa Luz, uscita dal suo covo, attratta dal gossip e che conosceva tutti i fatti dell'alta direzione. "Ora tiene temporaneamente la Tesla aziendal de un dirigente dimeso. Anche se non la usa mai, el cavròn, usa sempre quela vecchia Vespa di plastica scasata..."

"Eppure, di questa donna non ne ha mai parlato e non se l'è mai portata in giro. Che strano. E poi, perché escono ora, 'ste foto?" Chiese Michele per stimolare altre rivelazioni che potevano potenzialmente interessare alla Tassani ma nessuno diede risposta.

In breve tempo tutti iniziarono a seguire Igor su Instagram per avere in tempo reale aggiornamenti sulla sua telenovela. Non solo era comparsa dal nulla la moglie, apparentemente prostituta, con le foto del matrimonio ma, a seguito di quelle pubblicazioni, era apparsa anche una seconda moglie friulana sposata da poco tempo, con rito civile, in Austria. #nozzeincarinzia

Igor con due mogli era la notizia del giorno e tutta Trilobit ne parlava. #Igorbigamo.

La situazione poteva sembrare paradossale, per un collega ritenuto single, per non dire solo come un cane, fino al giorno prima. Ma diventò parossistica quando, il giorno dopo, si sparse la notizia di una terza moglie, addirittura, sposata anni prima a Nardò. #nonceduesenzatre.

Nefausto iniziava a teorizzare ad alta voce: "Teoricamente la moglie pugliese è stata la prima, ovvero è quella con i diritti civili sull'eredità di quel cane fetente."

La friulana però, tramite lunghissimi post sgrammaticati, invocava su Facebook un fantomatico annullamento alla Sacra Rota, mentre la russa continuava a pubblicare, tramite l'account di lui, foto caramellose di momenti felici del passato, del tutto incompatibili con l'immagine che avevano i colleghi di Igor: l'arcigno e taccagno ex pugile puzzolente. Gli aggiornamenti arrivavano di ora in ora. Ognuno aveva i suoi contatti per aggiungere dettagli alla vicenda che dal grottesco stava scivolando nel tragico.

La giornata del venerdì di quella settimana iniziò con una esclamazione di NeFausto che entrò trionfante in ufficio: "La russa è stata beccata in ospedale mentre spolpava il portafoglio di Igor. Pensate, si era anche messa il suo orologio d'oro al polso per fregarglielo." Aveva avuto notizia da sua sorella infermiera. Gli altri presero nota del colorito dettaglio, ritenendo plausibile la notizia, vista la natura dei due protagonisti. Oramai qualunque notizia era solo una goccia nell'oceano di grettezza di cui era contornata quella storia.

"Notizie dal Consiglio di Amministrazione?" Chiese intempestivamente Filippo che non provava grande interesse per le vicende di Igor ma, piuttosto, era preoccupato per le sorti della sua amata azienda e, soprattutto, delle sue azioni.

"Hanno finito qualche minuto fa." Disse Luz brevemente, interessata invece più alla telenovela di Igor.

'Tra un po' sapremo se scoprono il bluff del T-Rex Ultra.' pensò Michele.

Per non restare del tutto escluso Filippo allora, si sbilanciò: "Sì. Era lei, la russa, che caricava le fotografie dal telefono di quel povero disgraziato." Lo sapevano già tutti, lo si capiva dalle frasi di contorno alle foto. "Lo ha fatto per crearsi una posizione" continuò "Per uscire dall'ombra. Lui non avrebbe mai potuto: mia sorella dice che le mani gli si sono gonfiate come all'omino Michelin, non riesce nemmeno a piegare le dita."

Luz che non voleva essere da meno aggiunse: "Ieri Bianchetto è andato en el ospedal. La diagnosi oramai esta certa: metastasi in uno stato muy muy avanzado."

"Mentre la russa rinforza la posizione, pare che la Puglia sia fuori gioco: la petulante friulana ha pubblicato sia su Facebook che su Instagram una foto del documento dell'annullamento della Sacra Rota trovato tra le carte di Igor e sembra che sia autentico. Ora se la giocano Friuli vs Federazione russa." Disse NeFausto che sguazzava nel gossip e che seguiva minuto per minuto le sorti del suo ex collega e dei suoi legati con l'attenzione che si dà alla finale di America's cup.

"Comunicazione del consiglio!" Annunciò Filippo a fine pomeriggio; in effetti tutti stavano facendo gli straordinari in attesa di quello, più che per Igor.

'... e dunque con effetto immediato il board dimissiona i consiglieri Gian Giorgio Arnassi e Frederic Balzanella e conferisce temporaneamente le quote di voto all'Amministratore Delegato e Presidente Stefano Bianchetto...'

"Evidentemente qualche merda sotto il tappeto ce l'avevano..." Commentò ad alta voce Andrea involontariamente, che non aveva capito la fuga di capitali. Michele gongolava: la fine doveva essere vicina.

"Io, comunque, ho mandato dei curriculum in giro." Concluse NeFausto, per mettere una lapide anche su quella storia. Altri annuirono.

Michele rimase allibito dalla totale noncuranza dei colleghi sul possibile valore delle azioni nell'immediato futuro e sull'urgenza di venderle al più presto. Nessuno ne parlava. Eppure, secondo lui, i segnali erano evidenti e li avevano anche esplicitati: sapevano del processore fasullo, vedevano il consiglio di amministrazione che si defilava, era sotto gli occhi di tutti che non si batteva un chiodo da mesi. Invece, i suoi compagni di open-space parevano preoccuparsi solo della storia di Igor. Avevano fatto anche loro degli 'short'? Strano, difficilmente potevano essere entrati con delle quote del derivato da lui creato. Non ne potevano avere idea: era sul mercato di Londra.

EUREKA

Il primo lancio era stato un successo ma molti si erano accorti del rumore infernale emesso dal motore a turbina del suo aero missile. Fortunatamente c'era un buio pesto quella notte e nessuno aveva visto un granché.

2fur comprese che sarebbe bastato ancora un solo lancio di prova. Gli bastava dotare il secondo velivolo di tutti i componenti escluso, ovviamente, l'esplosivo. Montò dunque il navigatore GPS e la microtelecamera a visione notturna nell'apposito alloggiamento e tutta la componentistica di contorno. Ci mise parecchie notti per testare da fermo tutti gli elementi ma alla fine giunse alla conclusione che era il momento di provare.

Scelse un prato, nascosto dagli alberi, vicino alle foibe di Basovizza. Memorizzò nel navigatore le coordinate GPS e distese un lenzuolo a terra con il disegno di una tartaruga di circa due metri per 1,50. Erano le dieci di sera e non si sentiva il rumore di anima viva. Caricò la foto della tartaruga nella memoria dell'aereo razzo e inserì le coordinate appena rilevate spostandole di 40 metri. Lo scopo era portare l'apparecchio in quota sopra le coordinate inesatte e poi lasciare che esso riconoscesse il disegno centrandolo in autonomia. Poi prese l'automobile e caricò l'aereo sulla rampa a fionda sotto Monte Grisa.

Tornò al suo capannone e ripeté la procedura della volta precedente, imponendo questa volta al velivolo di raggiungere il punto prestabilito e non di girare in tondo sul mare. Se tutto andava bene, una volta lanciato, l'aero razzo sarebbe salito in verticale a diverse migliaia di metri in meno di due minuti, portandosi sulle coordinate dell'obiettivo, avrebbe poi puntato verso il basso e infine a velocità controllata di 300 chilometri all'ora avrebbe cercato con la telecamera la tartaruga per schiantarsi su di essa a potenza ridotta, in picchiata, per ridurre il rumore e non insospettire nessuno. In teoria.

Dai codici di ritorno sembrò un successo. Attese un paio d'ore nel caso qualcuno avesse chiamato le forze dell'ordine per rumori sospetti, infine si recò di nuovo a trovare la tartaruga.

Perse quasi un'ora con la sua torcia a led ultra bianchi. Ma non trovò traccia né del velivolo, né della tartaruga. Un senso di inquietudine lo colse e dopo aver ripercorso il prato per l'ennesima volta, tornò al capannone.

Mentre guidava lentamente verso la zona industriale, calandosi dall'altopiano, fu assalito da mille domande. Dove aveva sbagliato? Dove era finito il velivolo? E il lenzuolo? Eppure, la serie dei codici parlava chiaro. La missione era riuscita. Qualcuno, nel frattempo, aveva portato via il lenzuolo e l'aereo in frantumi? Chi? Era stato seguito? Guardò nello specchietto, forse era seguito anche in quel momento. Niente. 2fur, per la prima volta dall'inizio progetto aveva qualche dubbio.

Aspirare, bisogna aspirare prima e creare il vuoto! Am0n aveva avuto l'illuminazione quella mattina mentre passava il badge per entrare in Trilobit. Che idiota! Era così semplice la soluzione!

La sera, non appena ne ebbe la possibilità prese la bottiglia numero tre e il siringone per cavalli. Trafisse il tappo e tirò su una siringata di spumante. Non era facile ma risultò fattibile. Spruzzò via con gioia il liquido e caricò con la stessa siringa il collirio. Infilzò di nuovo il tappo e la miscela mortale finalmente avvenne. Solo in quel momento si accorse di aver sprecato 40cc di costoso collirio in una bottiglia di spumante da discount da 2,99 euro. Che idiota! Si disse. Ma andava bene lo stesso. L'indomani avrebbe comprato una magnum dello champagne preferito da Bianchetto e un'altra confezione di collirio. Dolce shopping, caro shopping...

Il petardo doveva stare dentro e non fuori dal collo della bottiglia, per cui Nab3rius si ingegnò con un preservativo e dei fiammiferi antivento messi vicino ad un petrardo che di misura entrava nel collo della bottiglia. Al momento dello stappo, il cavo avrebbe aperto la valvola del gas, che, miscelato con l'olio, sarebbe stato innescato dal petardo acceso a sua volta dai fiammiferi antivento infiammati dall'uscita del tappo stesso. Era un accrocchio tremendo, ma poteva funzionare.

Aveva realizzato un rudimentale cavatappi azionabile a distanza tramite corde e carrucole per aprire in sicurezza la bottiglia esplosiva per il test. Portò il tutto in un'altra cava e lo testò. L'esplosione fu pazzesca: della bottiglia e del telaio estrattore non rimase nulla. Solo un buco nel pavimento della cava: mezzo metro nella pietra. Spettacolare. Con le mani tremanti e quasi del tutto sordo, corse in auto e scappò via. Quel baccano avrebbe attratto più di una chiamata al 112 dalle ville circostanti. Era meglio dileguarsi.

Bath1n non ci poteva credere. La soluzione era a dir poco elementare. Quegli otto polli del reparto Ricerca e Sviluppo avevano prodotto un programma così semplice per il controllo delle batterie ai nanotubi di carbonio del Velociraptor che bastarono venti minuti per incasinare le variabili in maniera da ingannare i controlli di tensione delle batterie e scoccare un arco di alta tensione tale da far saltare lo scafo in meno di un quarto d'ora. Anche il sovraccarico fu un gioco da ragazzi, bastava comandare contemporaneamente il boma in tutte e due le direzioni in modo da mandare i due motori dei winch elettrici in contrasto e consumare come un cortocircuito.

Che delusione, era stato come rubare le caramelle ad un bambino. Non c'era stata nessuna sfida tecnologica, nessuna difficoltà, e nessun codice da violare. Era bastato chiedere gentilmente al programma di maltrattare le batterie. Mancavano ancora due ore alla pausa pranzo e si stava già annoiando.

Si era da poco alzata l'alba e 2fur non aveva chiuso occhio. Si era rigirato nella sua brandina posta vicino alla fresa CNC senza riuscire a prendere sonno. Aveva ricontrollato troppe volte la telemetria per non essere certo che tutto era andato per il verso giusto. Prese una decisione: tornare di nuovo là. Recuperò l'abbigliamento da bici e caricò la fat-bike a pedalata assistita nel bagagliaio dell'auto. Avrebbe parcheggiato poco lontano e poi sarebbe passato davanti al prato travestito da ciclista mattiniero per non destar sospetti.

Giunto nel prato, affrontò la superficie con calma. Palmo a palmo, nell'erba alta. Niente. Fece avanti e indietro un bel po' di volte. 'Eppure era qui...' si disse. Sedendosi nel punto che lui ricordava come la dimora della tartaruga. Si guardò attorno e a meno di dieci centimetri dal sedere vide un piccolissimo lembo di stoffa bianca spuntare tra l'erba. 'Un brandello del lenzuolo!' si disse, con un tonfo al cuore per l'emozione. Catturò il francobollo bianco e con sua sorpresa non riuscì a smuoverlo. Iniziò a tirare più forte. L'angolino divenne un fazzoletto e mentre le zolle di terra si ribaltavano davanti a lui, il fazzoletto divenne un lenzuolo, e con esso venne su anche la carcassa dell'aero razzo. Centro perfetto in piena notte. L'impatto doveva essere stato tale da perforare il prato e infilare il lenzuolo un metro sotto terra. Come in un giuoco di prestigio. Eureka! Il progetto era pronto, mancava solo l'esplosivo da collocare sulla punta del velivolo numero 3 e la foto dall'alto del Velociraptor da caricare in memoria al posto della tartaruga.

Dopo essere stato liberato dal bondage dell'imbrago che lo sosteneva, il Velociraptor toccò la superficie dell'acqua. Dalla prua di una petroliera russa che stava scaricando greggio sul lato muggesano del canale navigabile, Bianchetto, dotato di un potente binocolo, seguì l'operazione con l'apprensione del maestro di sala che guarda il cameriere ultimo arrivato servire lo champagne a un capo di stato. Il suo destino, custodito da quel leggero guscio composto da complessi strati di fibre di carbonio e inganni finanziari, stava finalmente prendendo il largo. Chiamò a sé Boris: "Dite al dottor Merch di venire a Trieste il più presto possibile." Il luminare svizzero doveva venire al volo per fargli un ciclo di 'ricostituente' preventivo: un intruglio a base di vitamine e 'altre cose' ad appannaggio dei soli VIP che svegliava anche i morti. Bianchetto sentiva un bel peso mentre respirava e forse anche un po' di febbre. Temeva fosse un principio di polmonite: per la Barcolana doveva essere in piena forma, non poteva permettersi di stare male.

FATALITY

Il lunedì mattina dopo Christeban chiese: "Cosa vuol dire 'diffida'?" mentre leggeva in diretta un post della sedicente moglie friulana di Igor.

"Fammi vedere" disse Ludwig, facendosi spazio tra le sedie e gli scatoloni ammassati all'inverosimile nell'angusto spazio dell'ufficio. "Aaaah, una diffida da parte della russa nei confronti della friulana. Queste sono già ai ferri corti, non aspettano nemmeno che il poveraccio diventi cadavere."

"Sì, ieri sono venute alle mani nel corridoio dell'ospedale. Le hanno buttate fuori a calci in culo tutt'e due mentre si tiravano i capelli come delle ossesse." Aggiunse Fausto ridendo. Sua sorella lo aveva aggiornato poco prima con un messaggio sul telefonino e lui non vedeva l'ora di dirlo.

Michele non aveva ancora messo a fuoco la situazione di Igor ma, dall'iniziale sbigottimento per l'inaspettata notizia del matrimonio con una bella donna, gli aggiornamenti di ora in ora facevano convergere la storia sempre più in uno dei soliti loschi e grotteschi affari, tipici di quell'individuo, dando un senso di coerenza a quella vicenda. Piuttosto non capiva come potessero essere i suoi colleghi così tranquilli. Si stavano rendendo conto che la fine era vicina? Oppure stavano suonando ignari la sinfonia sul ponte più alto, come la banda del Titanic quando stava affondando?

Dal nulla Filippo annunciò: "Pari! Con la quotazione di oggi sono tornato a pari. Vendo." Nessuno sembrò essere interessato alla notizia, tranne Michele che si sentiva rincuorato dalle azioni di Filippo. Implicitamente gli stava dando ragione: Trilobit era pericolosa. E per uno scommettitore, sensibile alla cabala e agli umori, i segni di conferma sono importanti.

Nel primo pomeriggio arrivò un altro aggiornamento, sull'unico argomento d'interesse a quell'ufficio: "A-ha! Lo sapevo: si è rivelato la solita gran merda che è sempre stato." Commentò NeFausto divertito, mentre leggeva le ultime news.

"Che succede?" Chiese stizzito il taciturno Andrea, preso di sprovvista dall'esclamazione del suo collega.

"La merda si è rivelata la merda che è! Si è sposato la friulana meno di un mese fa solo per avere compagnia negli ultimi momenti, visto che era solo come un cane, promettendole la sua eredità, pur sapendo che non le sarebbe arrivato nulla. Va tutto alla russa. Irina è l'unica moglie ufficiale." #bidonebalcanico

"Apperò, quindi la russa 'allegra' vince e la friulana triste resta a bocca asciutta. Turlupinata." Commentò Ludwig, per accertarsi di aver capito. #uglyfriuly

"Già." disse NeFausto.

Mezz'ora dopo, con una cartellina in mano, rientrò Luz che chiese un attimo di attenzione e l'ufficio si fermò azzittendosi. Michele si tenne alla poltroncina, forse era arrivato il momento. Fallimento coatto? Dimissioni del board? Tutto poteva accadere in quel momento.

Con tono grave, la ragazza comunicò: "Igor è deceduto. Le essequie se terrano questo sabato alle 11 presso la capella mortuaria de Santa Ana, in via de Costalunga. Questo es un messaggio inviato direttamente dal nostro Amministrador Delegado e Pressidente che ha assistito en ospedale con gran cuore e magnanimità el nostro collega fino all'ultimo minuto. Buon pomeriggio." Con passo rapido la ragazza si dileguò, evidentemente infastidita per l'attenzione che il collega a lei più inviso aveva ricevuto da parte del vertice aziendale. Poco dopo si sentì la Smart sgasare via dal parcheggio. Doveva essere veramente arrabbiata per andare via a metà pomeriggio, pensò Michele. L'ufficiò tornò lentamente al brusio normale. Anche la triste storia di Igor era finita e un certo senso di vuoto si era impadronito dei colleghi, che non avevano più il giochino su cui speculare. #rip

Michele era deluso e ancora in attesa del tonfo di Trilobit ma nulla era cambiato. Forse, pensò, l'attenzione dei colleghi, finalmente si sarebbe spostata sull'argomento più importante. #fallimentoTrilobit

E invece no. Quando tutto sembrava finito, NeFausto rispose al telefono con voce troppo alta per non far capire che lo stava facendo per attrarre l'attenzione dei colleghi: "A-haaaaaa, davvero? Ecco perché… ma certo, questo spiega molte cose. Heh, e cosa t'aspettavi. Grazie. Grazie tante."

Con la faccia di chi la sa lunga si alzò in piedi e, una volta certo di avere gli occhi di tutti su di lui, raccontò il contenuto della telefonata: "Innanzitutto, Bianchetto in ospedale non l'hanno mai visto: ci sono stati vari consiglieri e c'è stata Luz con due gorilla russi ma il CEO no. Ma non è questo il punto. Abbiamo la chiave che mancava per rendere completa la storia di Igor. Sapete tutti che si era sposato con una donna di malaffare russa e che essa non viveva con lui, giusto?"

Annuirono tutti tranne Filippo che non ne voleva sapere e che in quel momento stava verificando la corretta applicazione del capital gain da parte della sua banca sulla vendita delle azioni Trilobit.

"Bene, ora sappiamo perché si sono uniti nel sacro vincolo del matrimonio. Un pugile fallito lui, dalla bruttezza che era seconda solo alla sua antipatia e terza al suo alito, e una mignotta professionista lei, troppo bella per stare con lui veramente, ma comunque legata al soggetto fino a che la morte non li ha separati. Tanto da ereditare il suo impero. Perché?" domandò NeFausto.

Ludwig s'illuminò: aveva capito: "Stavi parlando col tuo amico poliziotto sloveno."

"Esatto."

"Matrimonio d'interesse. Lei lo ha sposato per avere la cittadinanza italiana." Disse il ragazzone gongolante.

"Quasi giusto, ma c'è del grottesco: lui si era fatto dare da lei ottomila euro per il servizio. Per la serie: tu mignotta, vuoi essere mia moglie italiana? E allora paga." #wifewithbenefits

Christeban, nella sua innocenza commentò: "Quindi per avere ottomila euro subito, Igor ora ha perso casa, azioni Trilobit e tutti suoi averi che vanno a puttana di Russia." #jackpot

Michele si mise a ridere divertito per la brutale disamina del nordico, mentre Filippo si allontanò infastidito dall'orrida storia. Andrea, Ludwig e NeFausto ebbero finalmente la visione completa del quadro per la quale si erano tanto spesi. Ogni pezzo era tornato al suo posto. Igor in realtà si era comportato sempre in maniera coerente, mirando soltanto al soldo e usando tutti. Fino a che la signora con la falce non aveva deciso di portarselo via inaspettatamente, sgambettandolo. Igor aveva sfruttato la russa, aveva sfruttato i suoi colleghi. Anche la povera friulana dal cuore d'oro, che lo aveva raccattato quando già stava male, aveva avuto la sua quota di Igor da mettere nella voce 'perdite' del suo personale conto economico della vita. Solo Irina aveva avuto un gran guadagno, per quanto inaspettato, e i potenti dell'azienda che, probabilmente, avevano goduto dei servigi gratuiti di 'faccia da patata' ben oltre i doveri dati dallo stipendio.

Il funerale di Igor ricalcò esattamente le dinamiche che Michele si era prospettato nel suo solito giochino da padreterno, con qualche piacevole variante in più. Come previsto, i vertici aziendali erano presenti in toto alla sepoltura del cane fedele, componendo, assieme a qualche collega che lo conosceva di meno, le cerchia più stretta attorno alla bara (la cerchia a bilancio attivo) preceduta dall'inconsolabile vedova. Vestita di nero da capo a piedi e con il viso coperto dal velo, l'avvenente donna slava di alta statura e dal corpo longilineo, sorreggeva una pesante icona russa, bagnandola abbondantemente di lacrime, probabilmente indotte artificialmente. A lato di questo primo nucleo di pseudo congiunti vestiti a lutto in elegantissimi abiti neri, vi erano i veri parenti, per nulla commossi, anzi un po' seccati di perdere la mattinata a causa del funerale (la cerchia dei primi creditori). Vestiti male, di una povertà quasi ostentata, reggevano in mano qualche candela in obliquo o vecchi fiori quasi appassiti. Via via diradandosi si notavano le cerchie delle persone che lo conoscevano meglio e che avevano subito più danni da Igor tra cui spiccava un gruppetto di ex pugili, con lo stendardo della scuola che erano intenti più a guardare il sedere della vedova che le spoglie del collega defunto. Poi, più lontani di tutti, stavano i colleghi che avevano lavorato a suo stretto contatto ogni giorno. Vestiti casual e del tutto disinteressati a Igor. A ben vedere c'era quasi tutta l'azienda, solo Bianchetto partecipava in remoto, tramite Luz che portava un tablet connesso in diretta: ad ogni donna la sua icona. Inoltre per ogni dirigente c'era il suo delfino che, con sorrisi smaglianti, lo accompagnava aprendo servizievolmente le porte e facendo strada, manco fossero stati ad una festa mondana o in una discoteca. Chi evidentemente non conosceva Igor, ma voleva far bella figura, si soffermava a esprimere le proprie condoglianze alla moglie in gramaglie, gli altri, edotti della vera storia, se la ridevano sotto i baffi. Vennero anche i due consiglieri da poco dimessi, che sembrarono molto amichevoli nei confronti degli altri dirigenti e per nulla offesi dalla loro esclusione della società. Anzi.

Andrea, NeFausto, Filippo, Ludwig e tutti gli altri nerd dell'open space, implotonati in un unico gruppo, osservavano e commentavano gli accadimenti ridacchiando e dandosi gomitate. Solo il pope serbo ortodosso sembrava veramente interessato al protagonista dell'evento, ma non c'era nulla di personale, era solo lavoro.

La cerimonia fu comunque breve e ben presto ciascun dipendente seguì la sua cordata per tornare a casa e approfittare per dare ancora un'ultima leccatina ai piedi del proprio capo. Il gruppo di Michele eluse con abili mosse il controllo di Filippo e schivò Luz intenta a far bella figura con altri grandi capi dopo aver disconnesso Bianchetto ed esternando la sua tristezza per l'enorme perdita del carissimo collega... Finirono col rifugiarsi al 'Manfred von Richthofeln', un pub vicino al cimitero per bere alla salute della povera bestia. Andrea, inaspettatamente, alzò in alto la sua lattina di Coca Cola e disse: "A muso di patata, che finalmente farà qualcosa di buono, concimando il terreno del cimitero!" #cinismoefastidio

"Salute!" Risposero tutti in coro ridendo. La giornata era assolata e si stava bene con le maniche corte, all'ombra della quercia del locale. Andrea inclinò la lattina e ne versò un buon terzo a terra.

Il giorno dopo, quando Michele arrivò in ufficio, accaddero due cose strane: non c'era più lo scooter scalcagnato davanti al cancello di Trilobit e giunto in ufficio trovò tutti in piedi a discutere ad alta voce. Gli schemi stavano saltando. Molti non avevano acceso nemmeno i loro PC. Vista la strana situazione e l'impossibilità di parlare con i suoi amici circondati da colleghi petulanti, chiese lumi a Christeban che sembrava libero da preoccupazioni.

"Sembra che Finanzieri hanno beccato i nostri grandi capi perché Igor non ha pulito nelle ultime settimane il Mail Server da messaggi compromettenti su operazioni poco chiare con bond di TriloBit." Non sapeva altro.

Un sussulto di gioia pervase Michele: anche la morte di Igor poteva servire alla causa. Era venerdì e due giorni dopo si sarebbe svolta la Barcolana.

QUALCHE GIORNO
DOPO LA BARCOLANA

SELECT

Era passato qualche giorno dall'esplosione del Velociraptor e Trilobit S.p.A. era in amministrazione controllata. La dichiarazione di fallimento, oramai, era solo una formalità e riscattare i proventi della scommessa in Borsa sarebbe stata per Michele l'ultimo atto relativo a quell'azienda. Era a un passo dal diventare multimilionario. Malgrado la gioia per la scommessa vinta e il conseguente guadagno fantasmagorico, Michele non ebbe il tempo di rilassarsi. Su richiesta dell'ispettore Barbara Tassani, dovette fare tre giorni di straordinari per scavare tutte le informazioni utili a chiudere il caso e quella mattina era stato chiamato assieme ai colleghi dell'ufficio per un confronto presso la sede di Trilobit. Probabilmente la donna aveva trovato la soluzione.

Erano tutti là, nel solito ufficio, che di 'solito' non aveva oramai più nulla. Tutti i PC erano stati sequestrati, assieme a tutti i documenti cartacei. Restavano solo i tavoli, le sedie e qualche lampada. Anche i cappotti disposti ad arte per nascondersi erano stati portati via dai trespoli. L'ispettore Barbara Tassani fece accomodare i colleghi di Michele, che per abitudine si dìressero ciascuno presso la propria postazione abituale. Poi chiese anche a lui di sedersi con loro mentre due agenti piantonavano l'ingresso dell'open-space. Inizialmente Michele ci rimase un po' male ma poi pensò che averlo fatto sedere assieme ai colleghi serviva, forse, per mantenere segreto il suo ruolo nell'indagine. Si mise, come al solito, di fronte ad Andrea e di fianco a Ludwig.

La donna rimase in piedi presso quello che di solito era il posto di Filippo, grande assente, e, scrutando un faldone stracolmo di carte, iniziò: "Buongiorno signore e signori, sono l'ispettore Barbara Tassani e, come avrete immaginato, siamo qui per fare luce sul caso del delitto Bianchetto."

Un silenzio spettrale calò sulla stanza. Michele sorrideva provando un certo senso di superiorità. Lui era dalla parte dei buoni. Lui sapeva cose che gli altri non potevano nemmeno immaginare.

"Se siete da quella parte del tavolo, è perché siete sospettati di aver programmato, architettato e messo in opera un attentato alla vita del dott. Michelangelo Bianchetto, proprietario e CEO di Trilobit S.p.A." Alzò lo sguardo e scrutò ad uno ad uno i dipendenti di Trilobit, Michele compreso; se non fosse stato certo di essere dalla parte dei 'buoni', si sarebbe preoccupato.

"Ci sono domande?" chiese la Tassani.

"Come mai noi? Donde esta Filipo che faceva parte di questo ufficio?" Chiese impertinente Luz Carnelutti.

Con serafica calma, l'ispettore estrasse un documento dal faldone e lesse a voce alta e perentoria: "CFD Trilo 765. Sistema a leva finanziaria all'1,5% su posizione in ribasso."

Michele sentì chiaramente una fitta al cuore, poi un formicolio alle gambe che iniziò a correre velocemente giù dalle cosce verso i polpacci e per finire provò un forte giramento di testa. Era l'adrenalina che stava circolando senza limiti nel suo corpo. In quel momento lui stesso era diventato adrenalina. Diventò rosso e poi iniziò a sudare, infine ebbe un calo di pressione e gli si annebbiò la vista. Il fiato era corto. Prese un fazzoletto e si asciugò la fronte sentendo le labbra formicolare.

La donna continuò: "Ogni delitto o il tentativo di compierlo ha un movente, e il guadagno di settanta volte quanto investito, scommettendo sul fallimento della vostra azienda, mi sembra un ottimo indizio. No?"

Il coro di voci dei colleghi di Trilobit sovrastò il "Ma..." che stava pronunciando Michele, facendogli capire che i compagni di stanza, tranne Filippo, dovevano essersi accodati alla sua scommessa.

L'ispettore Tassani stava ancora sventolando la copia del contratto di adesione al super derivato creato ad hoc da Michele che ciascuno dei suoi colleghi, a turno, indicava un altro in quella stanza quale iniziatore della faccenda.

"Calma signori, calma. Abbiamo tempo." Disse Barbara Tassani con lo sguardo cinico di un anatomopatologo di fronte all'ennesimo cadavere da aprire. Estrasse dunque idealmente il suo bisturi: "Iniziamo col svelare l'identità di colui che è stato la vostra fortuna e la vostra sfortuna, compresa, forse, la propria: Michele Dionigi."

Se ogni sguardo dei suoi colleghi fosse stato un raggio laser per il taglio industriale di lamiere d'acciaio puntato sul suo corpo, pensò Michele, non avrebbe fatto così male.

"Per tutto il tempo che è stato qui, lui è stato occhi e orecchie per conto della D.I.A."

Michele vide una certa passività nei colleghi nel sentire la notizia, solo Luz rimase platealmente a bocca aperta. Abbassò lo sguardo e si mise a fissare le inutili venature del finto legno stampate sulla scrivania di fronte a lui. Le ustioni da laser continuavano a diffondersi.

"Purtroppo, il signor Michele, da vecchio bancario che perde il pelo ma non il vizio, ha intravisto una opportunità nel conoscere intimamente i processi e le vicende aziendali, compiendo di fatto azioni assimilabili all'inside trading, arrivando fino al punto di creare un proprio super derivato su una banca londinese per scommettere contro Trilobit. Vero?"

Il tecnico informatico annuì. Le sue orecchie avevano raggiunto il punto di fusione.

"Peccato che lo spione era spiato, vero signor Ludwig Sossi?"

Il corpulento collega, chiamato in causa, ebbe un sussulto e schiarendosi la voce rispose candidamente: "Sì"

"Ci vuole dire come ha fatto?"

Ludwig esitò, cercando con gli occhi aiuto tra i colleghi che evitavano accuratamente di guardarlo, infine si rassegnò, immaginando che l'Ispettore sapesse già tutto, vista l'assenza di tutti i PC dall'ufficio. Prese fiato e disse: "Tempo fa gli ho piantato un keylogger sul PC, approfittando di un suo attimo di distrazione. Potevo vedere tutto ciò che digitava sulla sua tastiera."

Questo, secondo la Tassani, era il bello dei tecnici informatici. Le era già successo altre volte: messi davanti anche solo alla possibilità remota che qualcuno possa aver scoperto il loro segreto, non potevano fare a meno di confessare, convinti che la verità fosse evidente agli altri come a loro stessi. Binari come i sistemi che governavano: o zero o uno. C'era poca logica ternaria in questi sedicenti geni, nessun 'forse' era contemplato. E così, con poco sforzo, aveva ottenuto la confessione di un dettaglio che altrimenti sarebbe costato ore di ricerche ai tecnici della polizia postale. Inoltre, con quella spinta, aveva dato a quegli sparuti ingegnerini del bit la sensazione che lei fosse onnisciente, e questo avrebbe probabilmente stimolato anche gli altri a confessare.

"E quindi, vide quasi in diretta quando il Dionigi creò il prodotto CFD Trilo 765 e tre giorni dopo vi aderì anche lei con euro 172mila. Ovvero tutti i risparmi di sua madre, giusto?"

"Esatto." Ammise sconfitto il corpulento ragazzo.

Che vergogna, pensò Michele: la spia spiata. Il segreto del superderivato svelato, la sua professionalità ridicolizzata davanti al committente. Anzi, dallo stesso committente. Era rimasto nudo e con le mutande al vento. Era mortificato.

"Poi? Continui: come proseguì la catena?" Chiese la Tassani con l'aria di chi sa già la risposta.

Ludwig prese di nuovo la parola: "Poi, l'ho raccontato a Fausto, una sera in birreria."

"E il signor Fausto Furlan ritenne che fosse una idea eccellente, viste le notizie che aveva sui processori fasulli di Trilobit, vero?" Azzardò la Tassani che si avvaleva di una delle poche informazioni utili rese da Michele durante i mesi passati, oltre che conoscere gli estratti bancari con i movimenti azionari degli interrogati.

"E... esatto." confermò tentennante NeFausto, deducendo che l'ispettore sapesse del bluff polacco per tramite di Michele. "Investii quarantaduemila euro."

"Quarantaduemila e settecento, per l'esattezza. Da dove provenivano?"

"Li ho chiesti a mia nonna, le ho detto che mi servivano per delle cure mediche urgenti."

"Complimenti. E poi?"

"Poi lo dissi a Luz... per fare colpo su di lei." ammise il tecnico.

"Dottoressa Carnelutti. Cosa ci racconta?" incalzò la Tassani.

"Ah, ma io non sapevo nada, il mio amico Fausto me ha consigliato un investimento, che ho fatto llegalmente tramite la mia banca, non sapevo un coño di processori o altro."

"Chiaro. Comunque, duecentomila euro sono una bella somma da rischiare alla cieca per una persona che vuole apparire così sprovveduta e poco ferrata della materia e sente un gossip da un collega." commentò Barbara Tassani che non ebbe repliche di ritorno.

"Larsson Christeban, lei con la sua faccina d'angelo, mi pare che sia un bel diavoletto, vero? Anche lei nel suo piccolo ha investito ottomila euro. Non male per uno stagista. Anche lei lo ha saputo dal Sossi, vero?"

Il ragazzino annuì in silenzio.

"Duecentomila anche lei, signor Spangher, disse rivolgendosi ad Andrea. Lo so perché lei deve un bel po' di soldi a un nutrito gruppo di strozzini, ben noti alle forze dell'ordine. Assieme agli altri duecentomila già presi in prestito precedentemente fanno quattrocento cucuzze. Se non vado errata, dunque, lei, ad oggi, deve questi quattrocentomila euro ai più pericolosi spacca gambe di Trieste. Immagino che questa ultima speculazione servisse per tappare il buco precedente e vivere felice, vero? Ma come lo ha saputo?"

Col solito cappuccio sulla testa, le braccia conserte e il viso semi nascosto, emise solo un laconico: "Keylogger, Ludwig..."

"Ahi, ahi, ahi, signor Ludwig, visto? Chi la fa, l'aspetti..." L'ispettore Tassani si stava divertendo. Cantavano come usignoli.

Bene, pensò a quel punto Michele, chi più chi meno, avevano tutti le mutande in piazza. Mal comune mezzo gaudio. Nel peggiore dei casi, lui sarebbe tornato povero, non aveva altri scheletri nell'armadio.

"Ma non siamo qui per parlare di speculazioni finanziarie. Infatti voi, per vostra fortuna, questo non lo avevate mai visto, né tantomeno firmato." Disse Barbara Tassani estraendo dal faldone un foglio intestato di Trilobit per il trattamento dei dati confidenziali finanziari. "Per cui, agli occhi di chi vi giudica, voi non avevate informazioni veramente privilegiate. Avete solo scommesso contro la vostra azienda, immaginando uno scenario (il fallimento del progetto dei processori T-Rex che non è mai avvenuto). L'azienda è fallita per altri motivi. Se mai sarete liberi dopo questa indagine, e se mai potrete godere dei soldi, sarà soltanto perché avete avuto fortuna: avete rischiato i vostri soldi in una scommessa e vi è andata bene. Ma Trilobit non fallisce a causa di un progetto farlocco, bensì per le malefatte di Bianchetto emerse dopo la sua scomparsa. Trilobit è andata all'aria in seguito all'attentato avvenuto durante la manifestazione velica 'Barcolana' che, togliendo dalla piazza il proprietario dell'azienda, ha reso la società vulnerabile.

Anche se non siete punibili per quest'azione, personalmente vi vedo tutti come degli avvoltoi, moralmente spregevoli, eticamente colpevoli, non molto diversi dal capo che vi governava. Ma forse, qualcuno di voi è anche un predatore, uno che ha agito attivamente per avere un vantaggio certo, per aiutare la fortuna di modo che la scommessa fosse vinta... e adesso lo scopriremo."

Erano le dieci del mattino, l'Ispettore che fino a quel momento era stata in piedi, si mise comoda sulla sedia di Filippo regolandola per la sua altezza e iniziò a scartabellare i fascicoli del faldone nel silenzio generale.

EFFETTO DEMO

"Qualcuno vuole dire qualcosa?" chiese a bruciapelo la Tassani dopo aver consultato per una decina di minuti le sue carte. "Non so, nessuno ha un peso da togliersi? A parte la condotta immorale di cui abbiamo parlato prima, nient'altro?"

Tutti zitti.

"Dionigi, venga qui." Impartì perentoria la donna, porgendogli un volumetto apparentemente antico. "Mi descriva cosa vede."

Un po' riluttante, Michele si fece coraggio e, alzatosi, prese in mano il libercolo e, su invito della Tassani, si girò verso la stanza: "Apparentemente è un volumetto 'in ottava di foglio' con copertina in pelle, di fattura artigianale, anticato ma moderno. Colore... bah direi di un colore tra lo scarlatto e il bordeaux. Presenta quattro borchie d'ottone ossidate sul frontespizio, poste sul lato della rilegatura e una ulteriore borchia sul centro del dorso, il quale presenta quattro coste e una specie di glifo impresso e..."

"Ebbasta, Dionigi! Lei è noioso esattamente come i report giornalieri che mi mandava. Pedanti, ripetitivi, prosaici... mammamia! Apra quel dannato libro e ci riveli il contenuto."

Michele iniziò a sfogliare le pagine di pergamena, guardandosi bene dal commentarne la fattura dei fogli e lesse il titolo scritto in rosso: "Pseudomonarchia Daemonum - de Prestigiis Daemonum Incantationibus ac Veneficijs. Boh!"

La donna prese la parola: "È un grimonio, ed è un'appendice al De praestigiis daemonum del 1577 di Johann Wier. Il titolo del libro significa approssimativamente 'La falsa monarchia dei demoni', andiamo avanti..."

Michele saltò la prefazione e si soffermò alla prima immagine, era semplicemente il diavolo. E a fianco ne lesse la descrizione: "Bael, Zebul, Beelzebuth. Beh... in effetti, pare lui."

"Quello dopo?"

Era un satanasso seduto su una specie di alligatore: "Agares."

"Poi?"

"Marbas." Rispose Michele atono come ad un'interrogazione a scuola.

"Ricorda niente?" Chiese sorridendo l'ispettore.

"Mmm..."

"Lasci stare, lo dico io: il famoso file dei quiz, ricorda? 'Am0n', '0r1as', 'Haa9enti', '4as', '1pes' ,'2mur', '2fur', 'Bath1n', 'Nab3rius'...e c'era anche 'Ba3l', giusto?"

"Sì! Vero! Ma 2mur? Cos'è Zmur?" si lasciò scappare laconico Michele.

"Dionigi... è 2 volte Mur: Murmur, cerchi, Dionigi, cerchi..."

L'informatico iniziò a sfogliare, fino a che trovò: "Murmur: è uno dei Conti e Gran Duchi dell'Inferno, sotto il cui comando sono poste 30 legioni di demoni."

"Bravo, vedo che sa il latino, complimenti per la traduzione simultanea." Disse sinceramente ammirata Barbara Tassani. "Dunque, sappiamo da dove arrivano i nomi strani del suo file. Da dove è stata tratta l'ispirazione. La chiave. Per cui possiamo immaginare che ci sono tanti nomi in codice quanti quelli nel libercolo dei diavoli. Ma se lei dovesse scommettere su uno dei suoi colleghi, di chi è, secondo lei, questo libro?"

"Christeban?" disse senza pensarci Michele.

"Perché?"

"Mi sa di tipo che segue le credenze sataniste: pallido, introverso, con tatuaggi blasfemi, nordico... non so, così, ad istinto punterei il dito su di lui."

"E un'altra volta Miche Dionigi ci dimostra che sa piazzare bene le sue scommesse. Infatti, il libro è pieno di impronte digitali del signor Larsson. Questo ci fa dunque pensare che questi nomi sono..."

Michele completò la frase oramai scontata, visto il ruolo lavorativo del ragazzo: "Nomi di PC o Server occultati."

"Esatto. Ma dove?" Disse la Tassani guardando il pubblico.

I colleghi di Michele seguivano con sguardo atterrito le mosse della donna. Christeban si mordeva le guance nervoso.

Barbara Tassani estrasse da una borsa appoggiata a terra un portatile bruciacchiato e lo diede in mano al suo assistente improvvisato: "Mi stupisca, è il suo campo."

Michele iniziò ad analizzare velocemente il dispositivo. Era uno dei portatili dell'alta dirigenza, e in particolare, dal nome su un'etichetta e dallo stato di conservazione, capì che era il portatile di Bianchetto, sopravvissuto all'esplosione. "Questo è il PC portatile di Bianchetto. Presenta diversi danni da combustione, la cover sottostante è rotta..."

"Ecco, Dionigi, si concentri su quella parte." indirizzò la Tassani.

L'informatico analizzò il contenuto: "Hard disk SSD, parte WiFi, memorie... e questo?" estrasse dal laptop una microscopica schedina non usuale e la guardò più da vicino: "Sembra un micro PC, di quelli che stanno in una chiavetta USB, tolto dal suo box e modificato per stare dentro al portatile..."

"Le presento Ba3l" disse l'ispettore Barbara Tassani, che continuò: "Questi piccoli PC miniaturizzati, celati dentro ai laptop aziendali, si collegavano ad una rete WIFI nascosta e vivevano di vita propria. Dei portatili usavano solo le periferiche: tastiera porte usb e schermo. Oltre all'alimentazione, ovviamente. Quando abbiamo trovato questo PC sul fondo del mare tra i rottami della barca e abbiamo scoperto nei nostri laboratori la scheda, i nostri tecnici sono riusciti a farla funzionare, scoprendone il nome, e da lì mi sono ricordata del suo bizzarro file, caro Dionigi. Molto utile. Poi, nella perquisizione alla sede, abbiamo trovato il libro dei demoni di Larsson che ci ha fatto da chiave e con queste informazioni abbiamo individuato la rete ombra di Trilobit e scoperto che quasi ogni suo collega aveva questo accesso privilegiato, tranne lei, signor Dionigi: Sossi, Sisak, Furlan, Carnelutti, Spangher, ovviamente Bianchetto... ognuno aveva il suo piccolo demone."

Michele era allibito. Un'altra brutta figura in meno di due ore. Lui, il responsabile di sicurezza, fregato dai colleghi in ogni modo. Rete fantasma e addirittura PC fantasma.

La Tassani continuò: "L'idea, mi pare di aver capito, è stata del signor Furlan, già qualche anno fa, vero? Lei è un esperto di microcodice, come il signor Sossi lo è per i sistemi operativi, dunque bazzica con l'hardware e cose di questo tipo, vero?"

NeFausto trasalì, si schiarì la voce e ammise candidamente: "Sì, idea mia, poi realizzata nella pratica dai ragazzi di Igor, dei quali ora Christeban è il coordinatore."

"Come mai ha iniziato questo progetto?"

"Su richiesta di Michelangelo Bianchetto, per tramite di Igor. Serviva per la contabilità. In nero." confessò senza remore NeFausto.

"Esatto, bravo, ha capito che è importante collaborare."

Continuò la Tassani: "Inoltre, voi stessi, a prescindere dagli interessi loschi di Bianchetto e del Board, vi siete creati l'opportunità di salvare informazioni e scambiarle con i vostri colleghi su una rete ombra. Questo faceva comodo un po' a tutti, per cui, qualcuno ci ha guadagnato, propagando questa tecnologia ai colleghi che lo richiedevano. Vero signor Larsson? Aveva un costo mensile, godere di questi privilegi."

Il ragazzo sorrise quasi compiaciuto.

"Da cui i soldini per entrare nel fondo, giusto?" chiese l'ispettore.

"Si, prima prendeva tutto Igor. Da pochi mesi finalmente guadagna io a suo posto." si sbottonò il tatuato mingherlino.

"Bene, è ancora in tempo per dichiararli come redditi diversi e pagare le tasse, allora." concluse la Tassani.

Fece cenno a Michele di tornare a sedersi. Poi, camminando tra la sedia di Filippo e la porta continuò: "Tutto filava liscio, fino a quando arrivò l'elemento di disturbo: Michele Dionigi. Il Sossi ci mise poco a piazzargli un registratore di tastiera sul suo PC, il famoso keylogger, per tenerlo d'occhio e, come sappiamo, evitò accuratamente di fargli sapere della rete ombra dei mini PC, che invece era nota a una nutrita schiera di persone. Quasi tutta Trilobit." Disse la Tassani guardando negli occhi ad uno ad uno i colleghi di Michele presenti nella stanza.

Michele capì che per mesi aveva vissuto nella convinzione di avere il controllo di tutte le informazioni di Trilobit e di essere 'al di sopra' dei colleghi ed invece era stato proprio il contrario. Era il pollo di turno, emarginato dal grande segreto, tenuto in una bolla d'ignoranza e spiato da Ludwig che se lo portava pure a pranzo pur di averlo sempre sotto controllo. Altroché affinità elettive!

La Tassani continuò: "E così, oltre a questo fastidio, si aggiunse l'imprevisto: Igor, si è ammalato proprio nel momento sbagliato... quando Bianchetto e la sua cricca stavano per portare via il malloppo. Ecco perché erano tutti al capezzale di Igor, i magnanimi top manager di Trilobit: volevano accertarsi che avesse fatto bene il suo lavoretto un'ultima volta prima di congedarsi per sempre." L'ispettrice stava congetturando a voce alta, tentando di far apparire le proprie ipotesi come verità accertate e ingannare i suoi testi.

"Quindi, signori, prima che arrivino i cestini del pranzo e veniate scortati in bagno per le esigenze fisiologiche, possiamo affermare che il movente del guadagno ce lo abbiamo, l'associazione a delinquere pure e, come avrete capito, sappiamo dei vostri PC collegati alla rete ombra. Per cui, questo pomeriggio, mi aspetto da voi una confessione completa, se no, aggiungiamo anche l'aggravante di reticenza. Buon Pranzo."

Arrivò un addetto del catering mandato dalla mensa con il magro pranzo riposto in piccoli sacchetti di carta. I piantoni scortarono uno ad uno i dipendenti di Trilobit in bagno che, in silenzio, eseguivano gli ordini. "Quasi una demo della vita in carcere." osservò NeFausto.

SERVER FARM

Quel giorno non erano partiti con gli scooter verso le trattorie e non sentirono il clangore di piatti della mensa. Andrea non aveva fatto i suoi pastrocchi col Plasmon e la Red Bull e Ludwig non si stava premiando con una birretta e un piatto di gnocchi col ragù di cervo. Niente muscolo di grano e quinoa per Luz. Solo un panino di salame o di formaggio, una mela e mezzo litro d'acqua, una salvietta di carta col logo della mensa e uno stuzzicadenti. Pranzo triste, silenzioso e indigesto. Molti pensieri affollavano le menti dei dipendenti di Trilobit. C'era la rabbia di NeFausto che, avendo perso un bel po' di tempo fuori per fumare tre sigarette una dietro l'altra, controllato da due agenti, sbranava il panino a grandi morsi strappandolo di lato con due mani. C'era l'apparente e malcelato controllo di Luz che sbucciava lentamente la mela con un coltello sottratto anni prima alla mensa per questo scopo, quando ancora la frequentava, e che rivelava un leggero tremore alle mani. C'erano i pensieri imperscrutabili di Andrea che aveva disassemblato il panino e faceva piccoli rotoli di salame ripieni di mollica di pane con le sue dita dalle unghie sporche e li ingoiava quasi senza masticarli. C'era il panico di Ludwig che sorseggiava lentamente l'acqua dalla bottiglia guardando fuori dalla finestra. Il disagio di Christeban che dava un morso al panino e uno alla mela per poi tirare giù tutto con l'acqua. E poi c'era lui, Michele, che non aveva né fame né sete e stava lì a guardare la scena senza capire nulla, come al solito, ma questa volta, almeno, con la consapevolezza dei suoi limiti. Nessuno si guardava più negli occhi. Ognuno aveva la sua personale preoccupazione da curare.

L'ispettore tornò col suo faldone, cercò un po' tra le carte e prese di mira NeFausto: "Signor Furlan, lei, inizialmente, ha perso dei soldi a causa delle oscillazioni anomale di Trilobit in Borsa, vero?"

"Sì, vero, ma per una serie di coincidenze non ho perso moltissimo." concluse in fretta NeFausto.

"Comunque, su suggerimento del collega Sossi, ha aderito subito alla scommessa contro la sua azienda."

"Beh, sì volevo rifarmi e, come ha detto lei, sapendo che la storia dei T-Rex Ultra era falsa, mi aspettavo, come gli altri, il botto."

"Dunque non aveva pianificato la morte di Bianchetto per essere certo di avere il guadagno?"

"No, assolutamente." Rispose solerte il tabagista. Gli altri erano impietriti per la brutalità delle domande dell'ispettore Tassani: andava dritta al punto.

"E per altri motivi?" insinuò la Tassani.

"Nemmeno."

"Sicuro? Lo scrivo? È la sua deposizione?"

"Sì."

"Molto Bene."

"Signor Spangher, lei è molto taciturno e inespressivo, ha qualcosa da dirmi?"

Andrea, colto di sorpresa, fece cenno di no.

"Dottoressa Carnelutti?" chiese l'ispettore scorrendo la lista.

"Non c'entro niente con l'esplosione."

"Bene, e con altro?"

"Che altro? Dios mio! Niente!"

Barbara Tassani si rivolse con un moto interrogativo della testa nella direzione di Ludwig e di Michele che fecero pure loro cenno di no con la testa, stessa cosa per lo stagista che giocherellava con uno dei suoi piercing all'orecchio.

"Molto bene, scrivo allora che, alle ore 14:48 i succitati testi non avevano nulla da dichiarare. Firmate qui e andiamo a casa. Dovremo usare un altro metodo per le indagini, evidentemente."

Firmarono tutti, e presero l'uscita, con lo stesso automatismo sancito giornalmente dalle ore 17:00.

Giunti nell'atrio videro che la prosecuzione verso gli ascensori e le scale era bloccata da sei agenti. Si fermarono e cercarono una risposta in Barbara Tassani.

"Chi mi offre una bibita?" chiese inaspettatamente l'ispettore Tassani, ferma ai distributori automatici.

Michele, visto che nessuno si stava facendo avanti, aprì l'apposita app sul telefonino, si collegò via bluetooth al distributore e abilitò il credito. La donna scelse una fila di bottiglie d'acqua che non prometteva bene, vista la disposizione bislacca dei contenitori. Michele rise tra sé e sé, pensando che evidentemente la Tassani non aveva molta dimestichezza con i distributori automatici. C'era una buona probabilità che quella scelta portasse all'inceppamento della selezione. E così fu. La bottiglia si bloccò tra il vetro e la spirale che doveva farla cadere e la macchina andò fuori servizio. Michele la guardò con aria di compatimento e sufficienza. Ciò che avvenne negli istanti successivi lo lasciò però di stucco. Cosa che succedeva per l'ennesima volta in quella giornata. Con una serie impressionante di spintoni e calci l'ispettore si accanì contro il distributore di generi alimentari che, vincolato al muro del corridoio con delle staffe avvitate, non si mosse di un millimetro ma fu scosso quel tanto che bastò per staccarne una paratia laterale, la quale cadde coricata a terra. Il fragore fece saltare tutti. Michele guardò gli altri colleghi. Se lui stava sorridendo per la scena inattesa e surreale, gli altri invece erano pallidi, allibiti, avrebbe addirittura detto che gli sembravano preoccupati.

Con tono basso e ancora di spalle, la Tassani disse: "Sapete, la polizia postale ha a che fare ogni giorno con delinquenti della peggiore specie. Persone che passano la vita ad architettare stratagemmi per infrangere la legge a proprio vantaggio. Pirati, hacker, pedofili, truffatori digitali. Voi, cari informatici, avete un brutto vizio: siete convinti di essere onnipotenti e onniscienti nel vostro campo. Bene, vi dirò la verità: per il solo fatto che lavorate in una azienda High Tech e avete qualche buona idea ed una password di amministratore, non significa che voi siate i più bravi sulla piazza. L'esempio di Dionigi doveva aprirvi gli occhi, l'esposizione del laptop di Bianchetto con la schedina fantasma era un suggerimento. Ma no, voi avete pensato che non ce ne saremmo accorti." Asserì la donna quasi esacerbata.

Michele non capiva. Cosa c'entrava la bottiglia con

tutto questo? E poi, poteva scollegarsi dal distributore o la Tassani voleva ancora la bottiglia d'acqua?

"Dionigi, venga qui di nuovo. Come a scuola. La interrogo." Disse la Tassani esausta. Premette sul distributore il bottone per scollegare l'app. "Ci illumini sull'uso delle NAS wifi. Breve però: conciso. Vada al punto."

Michele cercò di essere didascalico mentre due tecnici della Polizia armeggiavano con le viti che tenevano il distributore refrigerato ancorato al muro e al pavimento: "Tramite appositi dispositivi è possibile disporre di un array (o matrice) di dischi rigidi in rete. L'insieme è detto NAS: Network Attached Storage. Può essere anche collegato solo alle reti wifi, in quel caso non necessita di nulla se non di una alimentazione di corrente."

I due agenti, nel frattempo, con una coreografia evidentemente studiata prima, girarono al momento giusto la macchina distributrice sul lato esposto dalla caduta della lamiera. E Michele, con sua somma sorpresa, intravide un 'muro' di hard disk allo stato solido impilati e collegati all'interno con un server di distribuzione. Erano decine e decine di dischi, incassati parzialmente nel polistirolo che di solito fa da isolante ai distributori refrigerati. I suoi colleghi, bianchi in volto e muti, sembravano essere a conoscenza di quello storage digitale fantasma.

"Signore e signori, vi presento 'GAAP'" disse uno degli agenti della polizia postale, citando uno dei tanti nomi di demone del libro di Christeban e puntando il dito sull'unità.

"Una delle tre unità dischi celate in azienda. In generale, una bella server farm nascosta nelle macchinette dell'acqua, del caffè e perfino nelle unità esterne dei climatizzatori." aggiunse Barbara Tassani. "Signor Furlan, venga qui, metta via quella sigaretta. La fumerà dopo. Lei che ha inventato il sistema, ci racconti a cosa serviva questo bel muro di dischi celati. Come veniva usata questa rete? Chi operava di fatto su questi server che stiamo ancora scavando in giro?"

NeFausto si trascinò verso l'ispettore prendendo il posto di Michele: "Ebbene, il defunto Igor Sisak spostava a mano i dati 'sensibili' dai server ufficiali, celandoli su questi sistemi offline: si collegava a G44p, Pa1mon, Beli4l e Fornb3us, spostando in essi i dati segnalatigli dal board per cancellare le tracce degli accordi con i fondi di investimento amici. Poi andava su Ro9e, Ber1th, 4staroth, i chat server privati di questa rete ombra e cancellava gli scambi di informazioni tramite l'uso dell'account di 'administrator'."

"E per questo, già adesso, i due consiglieri dimissionati sono dietro le sbarre: turbativa di mercato, inside trading e truffa ai danni dello stato. Hanno evaso centinaia di milioni di euro di tasse non pagate sul capital gain usando un pesante inside trading ad alto livello. Ora l'indagine si sta propagando verso le banche d'affari complici." concluse la Tassani.

Michele, in quel momento davanti a un letterale muro di menzogne, ancora acceso e funzionante, comprese la piccolezza del suo contributo in quelle indagini. Ebbe finalmente l'esatta percezione della sprovvedutezza e della superficialità con le quali aveva affrontato quell'incarico. Sciolse ogni dubbio sul fatto che i suoi colleghi non erano proprio così trasparenti ed elementari come aveva supposto: mentre si crogiolava nell'illusione di avere il controllo 'dall'alto', dato dalla sua posizione che credeva essere apicale, milioni di euro e Gigabyte erano passati sotto il suo naso. Solo un piccolo tassello rientrò dal punto di vista di Michele al suo posto: 'Ecco chi consumava quel 20% in più di energia elettrica!'

"Che dite? Torniamo dentro e ricominciamo da capo o preferite schiarivi le idee al Coroneo per una nottata?" chiese l'ispettore.

"Io voglio il mio avvocato." disse Luz.

"Questo significa andare in questura e rendere tutto ufficiale. Se invece torniamo nel vostro ufficio, potremmo trovare un accordo e chiudere un occhio su alcune cose. Che ne dite?"

La maggior parte di essi annuì. Luz seguì il branco contrariata: non sapeva se quella fosse la cosa giusta da fare.

"Bene, prego signori."

Forse non finiamo alle 17 oggi, considerò Michele, dando un ultimo sguardo agli ascensori, mentre ognuno ritornava al suo posto, tranne Fausto che chiese il permesso di fare 'due tiri in velocità'.

FAUSTO

Senza indugio l'ispettore Barbara Tassani estrasse un gruppo di fogli pinzati dal fascicolo e attese che NeFausto tornasse per interrogarlo. Sfogliò un paio di pagine davanti a lui e gli fece un sorriso di circostanza che indicava il via libera a parlare al tecnico: "Nome cognome e mi racconti cosa ha da dire."

Questa volta, dietro a lei, un collega in divisa appoggiato su una scrivania di servizio, dove di solito veniva appoggiata la posta, trascriveva le deposizioni.

NeFausto iniziò a svuotare il sacco: "Mi chiamo Fausto Furlan e per anni ho scaricato e messo a disposizione materiale pornografico per il CEO e direttore generale di Trilobit S.p.A. Michelangelo Bianchetto."

E fino a lì nessuno dei suoi colleghi rimase stupito, la Tassani guardò severamente il teste, facendogli capire che non era il momento giusto per essere timidi.

"E spesso cancellavo dal suo tablet la cronologia dei siti che usualmente frequentava." aggiunse.

"Furlan, così arriviamo alle calende greche. Sputi questo rospo, non creda che il suo pubblico sia da meno." disse spazientita la donna.

"Alcuni erano link di materiale pedopornografico, che ho conservato sui server nascosti per poterlo eventualmente ricattare nel caso fossi in pericolo." Disse con un filo di voce Fausto.

"Sa qual è la pena per l'omissione di denuncia di fatti del genere? Lei è stato deliberatamente complice di un odioso reato per anni. Ma non è tutto qui, vero?" chiese la Tassani.

"No, dopo la crisi di Trilobit ho deciso di ucciderlo." Confessò l'uomo sereno, quasi stesse dicendo che dopo aveva portato a pisciare il cane.

"Spieghi il perché al pubblico, per favore." lo incalzò la Tassani che aveva dei resoconti bancari in mano.

"Non ho perso solo il 10% del valore delle azioni, come ho precedentemente affermato: ho perso tutto, quel giorno. Poi ho inventato la storia per i colleghi che fossi ancora in corsa con le azioni, ma la verità è che il mio ordine telefonico di vendita è stato accolto proprio nel punto più basso della negoziazione di borsa di quel giorno: ho perso il 40%. Che sfiga. Poi, sconfortato, ho comprato altre azioni al ribasso, puntando su un ulteriore crollo e ho perso di nuovo perché il titolo è risalito. Col senno di poi avrei dovuto comprarle e basta."

"Le sembra un motivo valido?"

"Non è solo questo. I giorni successivi ho indagato sui motivi del blackout elettrico e la mancanza della rete GSM. Non è stato facile, ma ho molti amici a Trieste, e ho scoperto che non è stato un caso."

"Cioè l'interruzione di servizio pubblico non è stata accidentale. Conferma?" disse la Tassani, ribadendo ciò che aveva appreso da NeFausto in quel momento, simulando con la sua tecnica navigata, di sapere già quanto diceva l'interrogato.

"Già, era una trappola architettata da Bianchetto e il suo team di creativi, per ricomprarsi un poche di azioni ad un prezzo conveniente, visto che Trilobit aveva in scadenza un bond sfavorevole di lì a qualche giorno."

"Mi faccia capire: secondo lei, Bianchetto ha scatenato il panico sul mercato per stare dentro ad un vincolo di Borsa?"

"Esatto, ne sono certo! Aveva bisogno che il prezzo scendesse il più possibile per poi ricomprarsi le azioni ad un prezzo scontato e sapeva che la quantità che gli serviva corrispondeva più o meno a due terzi del totale posseduto dai dipendenti."

"Questa è turbativa di mercato. Spero ne abbia le prove. Potrebbe essere un bel salvacondotto, per lei, poter produrre la documentazione a riguardo. E secondo lei, perché Michele Bianchetto aveva scelto proprio voi? Solo per questioni quantitative?"

"Noi non eravamo pericolosi: potevamo essere 'munti'. Fregarci era facile. Inoltre, era economico perché, le azioni che ci venivano date come stipendio, non erano veramente nostre. Noi riceviamo opzioni di titoli versati in un portafoglio apposito. Se volevamo venderle, per avere subito il cash, l'azienda ci dava direttamente i soldi dalle sue casse e spostava semplicemente il corrispondente numero di azioni nel portafoglio della società, senza pagare commissioni, era solo un atto contabile. In poche parole, le azioni sono sempre state nella pancia di Trilobit, solo in due cassetti diversi e noi avevamo in mano dei 'pagherò'."

"Sembra quasi che ci fosse stata una premeditazione fin dall'inizio: usare i dipendenti come riserva economica di titoli. Come ha fatto a scoprire questo?"

"L'ho visto su Ba3l, il PC portatile di Bianchetto, in un file criptato, ne ho una copia sul mio, adesso."

"Continui."

"Bianchetto si è messo d'accordo con degli individui che danno questo tipo di servizi. Ex forze speciali russe. Per loro è stato un giochetto da ragazzi buttare una chiave inglese dentro alla cabina dell'alta tensione al momento giusto per far saltare solo un paio d'ore la corrente. Inoltre, ho scoperto che sono stati sempre loro a piazzare in azienda un dispositivo per disturbare le reti telefoniche GSM. Era nascosto in uno scooter abbandonato subito fuori dal cancello."

"Vedo che ha trovato anche la transazione verso una banca di Andorra per il compenso dei suddetti signori." disse l'ispettore sventolando un foglio.

"Sì e ho anche i dettagli dell'operazione 'Show on' nella quale Bianchetto ha pianificato con i suoi consulenti tutto il trappolone. Come le ho detto, ho la copia di tutti i documenti su Nab3rius, il mio computer ombra."

"Agente, segni: Nab3rius è Furlan." Disse la Tassani rivolgendosi al sottoposto. Poi continuò: "Ci illumini: come funzionava esattamente questo 'trappolone' ordito da Bianchetto?"

"L'idea era di creare il panico nel mercato con notizie false relativamente ad un collasso dell'azienda per poi smentire tutto. Ho trovato le 'veline' da mandare ai giornali per generare il panico per poi smentirlo. Contemporaneamente ha fatto venire su una troupe e un writer che creassero una comunicazione destabilizzante per i dipendenti. Per cui ci imbonì col suo video 'rassicurante' e incaricò Igor di fare la sceneggiata, ufficio per ufficio, in modo da scatenare il panico e indurci a vendere. Ciliegina sulla torta: ritardare il più possibile le vendite grazie al blackout. A quota raggiunta, avrebbe mandato ai giornali la smentita del falso rumor."

"E così è stato, mi pare." L'ispettore rovistò tra le carte sparse sulla scrivania e sventolò davanti a NeFausto la foto dello scooter di Igor. "Era questo?" NeFausto annuì. La donna, beffarda, concluse: "Non era abbandonato, era solo il mezzo malandato del signor Sisak."

"Ah. Poi, tra l'altro, ho scoperto che Bianchetto aveva fatto bloccare anche i cancelli d'uscita. Solo che nessuno ha pensato di scappare dall'azienda per andare a vendere. Per cui non ce ne siamo accorti."

"Così ha deciso di ucciderlo."

"Non proprio. Ero arrabbiato, sì. Per anni gli ho lavato i panni sporchi creando la rete fantasma e lui mi ripaga con una truffa? Avevo perso i soldi, ma soprattutto il rispetto per quell'uomo. Certo, aver scoperto anche i retroscena mi ha fatto arrabbiare particolarmente, ma è quando ho saputo dell'esistenza del derivato creato dalla 'talpa', che ho pensato di far fuori Bianchetto. Dovevo rifarmi e questa volta dovevo essere sicuro di guadagnare, visto che rischiavo soldi non miei."

La Tassani guardò Michele e inaspettatamente lo sgridò come a scuola: "Visto? Un atto apparentemente innocuo ma immorale, ha causato l'induzione a un reato. È soddisfatto, Dionigi?"

Michele non la stava nemmeno ad ascoltare, non aveva sentito una parola della reprimenda della donna. Era concentrato solamente su 'La talpa'. Ecco il soprannome che gli avevano appioppato! Michele era precipitato anche lui nello stesso zoo di metafore dove di solito era lui a collocare gli animaletti. Fu colto da ogni tipo di sentimento negativo che un essere umano possa provare. Iniziò il risentimento, seguito da vergogna, poi rabbia, disperazione ed infine depressione. Il tutto in meno di un minuto. Quasi un elettroshock.

"Quindi?" incalzò la Tassani, tornando a fissare Fausto.

"Quindi ho preso ispirazione da un libro di Verne, il 'Mattia Sandorf', che ogni tanto rileggo, soprattutto perché parla di Trieste."

"E di vendetta." Aggiunse la Tassani che evidentemente conosceva il testo.

"Sì. Ci ho messo settimane per creare il dispositivo che riuscisse a liberare una capsula di protossido d'azoto dentro una bottiglia di champagne piena di olio, collegando il tutto ad un tappo esplosivo. E, a quanto pare, ce l'ho fatta..." Disse alterato Fausto, reo confesso e vendicatore.

"Vuole spiegare ai suoi colleghi come ha fatto a celare un tale meccanismo nella bottiglia?"

"Ho preso una magnum di Bisson Abissi." Rispose NeFausto.

"Sia più esplicito, non siamo tutti enologi."

"È uno spumante invecchiato 60 metri sotto la superficie del mare, dove la temperatura è costante: 15 gradi. Per cui il pregio della bottiglia è che la sua intera superficie è incrostata di sale e gusci di molluschi. Perfetta per nascondere la bomba.”

“Bomba che doveva esplodere al momento in cui veniva stappata la bottiglia. Possibilmente all’arrivo. Giusto?” Chiese la Tassani.

“Esatto.”

“Eppure l’esplosione è avvenuta molto prima.”

L’orgoglio del tecnico gli impedì di unire i puntini, per cui si lanciò in ipotesi improvvisate per rivendicare la paternità dell’esplosione avvenuta a pochi minuti dalla partenza: “Eh, non so, forse è caduta... il composto è piuttosto instabile... non so. Oppure ne aveva più di una e la mia è stata stappata in quel momento...”

“Lei non è un collaboratore stretto di Bianchetto. Giusto?” Interruppe l’ispettore.

“Giusto.”

“Come ha fatto a recapitare la bottiglia-bomba a Michelangelo Bianchetto e ad essere sicuro che l’avrebbe usata per festeggiare la regata?”

“La bottiglia era di pregio, per cui ero sicuro che non l’avrebbe ignorata. In più ho aggiunto un biglietto molto convincente.” Asserì soddisfatto Fausto.

“Ovvero?” chiese incuriosita l’ispettore.

“Ovvero ho riciclato un vecchio biglietto che avevo recuperato più di un anno fa. Era del sindaco che aveva mandato un panettone con scritto ‘Auguri’. Bianchetto lo aveva girato al nostro team per premiare i risultati ottenuti. Me lo sono tenuto e prima di legarlo al collo della bottiglia ho aggiunto ‘per la Barcolana’ e così la bottiglia è diventata il trofeo da sfoggiare per la vittoria.”

“Astuto... va bene. Fermiamoci qui” Anche per la

Tassani risultava difficile stilare una classifica delle bassezze che venivano a galla, ammissione dopo ammissione. "Cinque minuti di pausa. Poi voglio parlare con la signorina Carnelutti."

Si alzarono tutti per fare pausa meno l'ispettore, che rimase 'in classe a rivedere i compiti'.

LUZ E LUD

"Luz Carnelutti, venga qui, si sieda. Con quei tacchi non la posso vedere in piedi." disse l'ispettore porgendole un fascicoletto estratto dal faldone. La ragazza lesse molto attentamente stando seduta sulla punta della sedia e poi si mise a piangere. Per molti minuti lunghe righe di mascara nero sciolto dalle lacrime, solcarono il giovane viso della ragazza mescolandosi col pesante trucco delle gote. La giovane, singhiozzando platealmente, ne raccoglieva, in un fazzoletto oramai lercio, il prodotto sotto forma di piccole gocce di oro nero.

"Mi sembra un po' tardi per un pentimento. Oppure piange per sé stessa, perché è stata beccata?"

Michele propendeva per la seconda ipotesi, non senza soddisfazione. Quella donna non aveva un'anima o, se mai l'avesse avuta, avrebbe dovuto essere nera come le lacrime che stava versando. Per cui non poteva avere rimorsi, a suo avviso.

"Forza, sputi questo rospo e andiamo avanti." Incitò la Tassani che, se prima aveva guardato con disprezzo NeFausto durante l'interrogatorio, in quel momento stava guardando Luz ancora peggio. Vi era del sadico cinismo nel modo in cui l'ispettore stava trattando la giovane sudamericana-friulana, c'era quasi odio nei suoi occhi.

"Bene" prese coraggio Luz "La votilia di Fausto non è mai arrivata sula barca di Biancheto. L'ho scambiata con la mia votilia prima che vada fuori dal uficio. Tra l'altro, per la cronaca, Michelangelo beve solo Bollinger."

"Ha effettuato lo scambio nello stesso giorno nel quale il Furlan ha recapitato la bottiglia a Bianchetto?"

"No, no: è rimasta in sala de atesa prima de entrar nel suo uficio sinco dias, por la disinfection, ho avuto todo il tiempo per cambiarla e riciclare l'eticheta."

"Che fine ha fatto la bottiglia del signor Furlan?"

"Dopo che ho tolto il biglieto per meterlo sula mia votilia, la ho butata via, nela mierda dela mensa."

NeFausto quasi si sciolse sulla sedia. Un capo d'accusa in meno. Poi, illuminato da una congettura esclamò: "Questo spiega l'incendio del camion dei rifiuti il giorno prima della regata!"

"Esatto, Furlan. Incendio, non esplosione... fortunatamente la bottiglia si è prima rotta e poi si è incendiata, ma il meccanismo è stato trovato dai periti della scientifica. La sua posizione resta comunque scomoda." Lo redarguì la Tassani. "Continui Carnelutti."

"Eh, niente, gli ho dato la votilia, ma lui è esploso. Io non c'entro."

"Non mi faccia incazzare, Carnelutti... cosa c'era nella bottiglia?"

La ragazza rimase in silenzio.

Barbara Tassani iniziò a leggere da un foglio con un piglio di stizzo: "Pesci palla, veleno per topi, estratto di seme di pesca, iperico, doxepina, clomipramina, imipramina, tasso, ricina... ne ha fatte di ricerche approfondite. E le tracce sono rimaste tutte sul proxy server, le ha lasciate il PC di nome Am0n. Le dice niente? Quale veleno c'era dentro la bottiglia che ha consegnato a Bianchetto?"

"Io non so nulla, ho solo dato una votilia di buon champagne al mio capo."

"Quale parte della mia frase 'se collaborate ci veniamo incontro' non ha capito?"

"Io non mi fido di nessuno."

Barbara Tassani con un cenno fece portare da un agente una bottiglia di champagne in una busta.

"Un bel po' di collirio dentro, e le sue impronte sul fondo. Eh sì, vi dimenticate sempre di pulire il fondo delle bottiglie. Lì dove mettete il pollicione, voi aspiranti assassini dilettanti." Poi, l'ispettore Tassani guardando la ragazza negli occhi "Agente: porti via la bottiglia e la sua legittima proprietaria. È pronta per parlare col magistrato."

Luz fu ammanettata e alzata di peso. A quel punto, con un nuovo pianto disperato gridò: "Va bene, va bene, parlo."

L'ispettore con un cenno la fece accomodare di nuovo ma senza farle togliere le manette, a ricordo del futuro che l'attendeva se non avesse detto tutta la verità. Estrasse inoltre da un altro fascicolo un foglio e si mise in ascolto.

"Volevo amazare quel puerco perché è un vile schifoso cavròn."

"Si spieghi."

"Già aveva perso il mio rispeto por el fato dele asioni de Trilobit. Ma è stato quando ha tocato mi ermano che ho deciso de matarlo."

"Felipe Carnelutti?"

"Exatamente."

"Ci racconti." Incoraggiò la Tassani.

Con riluttanza Luz Carnelutti iniziò la sua storia.

"La mia famiglia non è rica. Mio padre faceva sedie a Buttrio, mia madre è argentina. Ho un fratello, mi ermano Felipe e due sorelle: Citnhya e Estrella. Facevamo tutti lo stesso lavoro: le pulizie di casa. Biancheto era uno dei nostri clienti. Poi, Biancheto mi ha notata e ha deto che mi avrebe sposato e siamo stati insieme per un poco di tempo. Ma non mi ha mai sposata. Solo sexo, el puerco. Mi ha dato però questo trabajo che è ben pagato e mi ha lasciato le mie libertad. Le mie sorele e mio ermano, hano continuato a lavorare invece da lui. Felipe faceva el giardiniere."

"E cosa è successo a Felipe?"

"Un giorno Michelangelo ha fato una fiesta con donne e droga a casa sua e ha portato dentro anche mi ermano. Da quela volta hano fato fiesta tante volte fino a che Felipe non si è malato. È morto due mesi fa. Dicono che era una imunodeficenza tipo leucemia, ma io so che è colpa di Biancheto! De tuta quela mierda che gli ha dato! Prima stava benissimo! Mio ermano, mio amor."

"Quindi secondo lei, la colpa preponderante della malattia di suo fratello è di Bianchetto, per cui ha deciso di ucciderlo."

"Deve morire quela mierda de hijo de puta." E Luz sputò a terra in segno di disprezzo.

In quel momento Michele capì che il nervosismo degli ultimi tempi dimostrato dalla ragazza era per la malattia e la morte del fratello e in generale capì il perché di tutti quegli atteggiamenti 'classisti' di Luz. Il suo disprezzo per la sciatteria, il suo bisogno di circondarsi di cose belle: era paura. Paura di ritornare povera.

"Bene Carnelutti, vada a sedersi con gli altri. Agente scriva la conferma: Am0n-Carnelutti." disse l'ispettore vagamente annoiata, facendo togliere gli scomodi braccialetti d'acciaio e mostrando a Luz il foglio che aveva in mano: una foto di suo fratello in compagnia di Bianchetto in un droga party, fornito alla Tassani dai colleghi della DIGOS. L'ispettore, in quel caso, sapeva davvero già tutto e aggiunse: "Francamente mi stupisco di lei, Luz. Proprio lei che seguiva per filo e per segno la procedura di vestizione per andare a trovare il suo capo, che lo ha visto, immagino, più volte farsi portare il cibo iper controllato dal suo staff personale, come le è venuto in mente di lasciargli una bottiglia in ufficio? Dal mio punto di vista era matematicamente certo che l'avrebbe fatta portare via e chiudere in qualche armadio ermetico e probabilmente ha fatto anche disinfettare il posto dov'era appoggiata. Ci pensi su." L'ispettore voltò pagina e si rivolse al 'sistemista Kobe': "Sossi, tocca lei."

Ludwig si alzò con fatica, facendo leva con una mano sulla coscia per aiutarsi per poi raggiungere a passo lento lo scomodo scranno dell'inquisizione.

"Avanti: mi racconti delle batterie. Le risparmio la fatica di far finta di non sapere niente."

"Non capisco."

Tassani girò spazientita un foglio con uno schema

elettrico. Non era certa di quel che stava facendo, ma il suo intuito le diceva che il ragazzone avrebbe parlato. Nel dubbio appoggiò le manette sulla scrivania.

"Sto parlando con il titolare del PC 'Bath1n' o sbaglio?"

"Ok, ok. Parlo." Prese fiato, raccolse le idee e bevve un sorso d'acqua come se fosse l'ultimo della sua vita. "Quando ho saputo da Fausto che Bianchetto ci aveva ordito la trappola del ribasso delle azioni, il famigerato 'Show on', e abbiamo scoperto che la 'talpa', cioè Michele aveva confezionato un prodotto derivato azionario che scommetteva sul fallimento di Trilobit, ho pensato di far esplodere le batterie del Velociraptor, modificando il software di gestione dello scafo. Ma non avrei mai immaginato che sarebbe esplosa tutta la barca... io volevo solo danneggiarlo a livello di immagine. Affondarlo mediaticamente con un affondamento vero, sotto gli occhi di tutti."

La Tassani guardò di nuovo Michele, per farlo sentire nuovamente in colpa e continuò con Lud: "Entriamo nel dettaglio. Che cosa le dava la confidenza che le batterie sarebbero esplose?"

"Il Velociraptor doveva essere una specie di show room delle tecnologie di Trilobit e la vittoria della Barcolana lo avrebbe consacrato. Processori 'T-Rex Advance', pannelli solari 'Ptero Cube' di nostra produzione e ovviamente le nuove batterie in strati di nanotubi di carbonio 'Mammoth Ultra'. Il tutto gestito da una variante di Panagea X, il sistema operativo di nostra invenzione. Chiamata per l'occasione Lucy."

"Bene, quale era il suo piano?"

"Semplice: le batterie ai nanotubi di carbonio sono molto efficienti ma anche delicate, sono praticamente dei super condensatori, in realtà ed il controllo delle sovratensioni è fondamentale in questi casi. Per cui ho modificato il software della barca in modo da sovraccaricare il sistema e ignorare il controllo di tensione, facendo dare alle batterie il massimo della potenza senza controllo. Provocando così scariche nel dielettrico."

"Come ha fatto a caricare il software ammalorato?"

"Durante la modifica del sistema operativo nella nuova versione 'Lucy', la sezione 'Ricerca e sviluppo' era costantemente collegata in rete. Gli otto ingegneri che vi lavoravano sopra stavano in quello che doveva essere l'ufficio di Luz. Mi sono facilmente collegato alle loro macchine e ho usato una backdoor di sistema per introdurre l'errore."

"Beh, facile trovare le backdoor che ci si è scritti da soli, vero?"

"Esatto." disse mogio, invece che pacato come al solito, il tecnico appoggiato sulla sua stessa pancia.

"Ed in effetti le batterie hanno preso fuoco ma non sono esplose. Come si vede da questa foto del sottocoperta, una volta ripescato il relitto. E lo sa perché? Glielo dico io: non solo i T-Rex erano fasulli, ma anche le batterie. Erano delle normali batterie al litio che, col suo trattamento, hanno semplicemente preso fuoco. Forse sarebbero anche esplose, se la barca non fosse affondata. Lasci stare lo squarcio anteriore, di quello ci parlerà un altro suo collega, vero Spangher?"

Ludwig, sorpreso dell'epilogo così veloce e inatteso, guardò sollevato il collega che si era messo le mani sulla testa coperta dal cappuccio. L'ispettore comandò il cambio della guardia e fece sedere davanti al lei il ragazzo celato nella felpa.

Ennesimo colpo di scena. Anche Ludwig ci aveva provato, ma non era il colpevole e Andrea sembrava turbato.

ANDREA

"Andrea Lorenzi, noto ai colleghi come Andrea Spangher, nato a Trieste il primo gennaio 1982. Noto alle forze dell'ordine fin dal lontano 1999, quando era quasi maggiorenne. Sei giorni vero?"

"Come?"

"Solo per sei giorni non è finito in galera. Era il pomeriggio di Santo Stefano del 1999 no?" chiese la Tassani.

Il tecnico annuì.

"E lei è nato il primo gennaio 1982, giusto?"

Il tecnico annuì.

"A beneficio del pubblico" disse l'ispettore "Riassumiamo i fatti come si desume dai verbali."

I colleghi di Andrea erano tutti attenti.

L'ispettore continuò leggendo un vecchio rapporto della Polizia: "Alle ore 14:15 nella zona denominata comunemente 'Campo carri', presso la località Conconello-Banne, alcune persone, tutti alunni della stessa classe quinta di un Istituto Tecnico locale, si sono riunite per un esperimento piuttosto pericoloso. Come si chiamava? 'Scufioto12'?"

"Subioto12" corresse laconico Andrea.

"Ci dice in poche parole cos'era?"

"Un razzo bistadio. Una cosa da amatori, due cilindri di lamiera e un po' di propellente..."

"Mmmm... da quello che ho letto nel rapporto del '99, il suo lavoro era piuttosto sofisticato. Il propellente era molto più potente rispetto a quello usato dagli amatori di quei tempi e le scelte aerodinamiche erano all'avanguardia, almeno per le conoscenze comuni di allora."

"Era la mia passione."

"Era? Non lo è più? Andiamo avanti: lo avete fatto partire e sappiamo che raggiunse i 2500 metri di altitudine, poi il primo stadio si staccò mentre la punta continuò la sua salita fino a che si spense e scese col paracadute nei boschi limitrofi... avanti, ci dica lei: cosa successe?"

"Il primo stadio che non era frenato da un paracadute come la punta, conteneva ancora carburante e cadde accidentalmente su una casa che prese fuoco." rispose con un sibilo Andrea.

"E di chi era la villa che avete semidistrutto?"

"Della famiglia Bianchetto."

Stupore del pubblico. Soddisfazione dell'ispettore. Imbarazzo per l'imputato.

"Bene, ora parliamo delle sue attività di ricerca e sviluppo svolte negli ultimi due anni." Impartì la Tassani.

"Beh, i processori ternari T-Rex Ultra..." iniziò Andrea, ma l'ispettore lo interruppe: "Dai, non scherziamo. Sappiamo tutti che non c'era nessuna ricerca e sviluppo su quei processori chimera. Mi riferisco alla sua ricerca e sviluppo personale."

Andrea restò muto.

La Tassani continuò: "Parlo del capannone che ha noleggiato a poche centinaia di metri da qui, dove, di fatto, vive dormendo su una branda di fortuna. Parlo ad esempio di questo file, e questo, e quest'altro." disse la Tassani girando lo schermo del suo PC portatile "Poi c'è questo disegno Autocad, e questi circuiti. Vorrei la storia dall'inizio. Per cui si faccia coraggio e ci illumini."

Andrea era pietrificato. Avevano scoperto tutto. Rassegnato prese un lungo respiro e iniziò a parlare. Non poteva fare altro: "Volevo vendicarmi per la storia del razzo."

"Parla delle vicende del 1999?"

"Sì. Dopo l'incidente, i miei amici sono quasi finiti in galera e la famiglia Bianchetto ha chiesto i danni a mio padre e alle famiglie dei miei amici. Noi abbiamo dovuto vendere la casa e andare in un piccolo appartamento dell'ATER."

"Per pagare l'abitazione distrutta." incoraggiò la Tassani.

"Sì, ma dopo anni ho scoperto che si sono fatti pagare anche dall'assicurazione. Si sono fatti pagare la casa due volte, riducendoci in povertà. Quei bastardi. E lui con quei soldi ha fondato Trilobit."

"Un motivo plausibile per desiderare una rivalsa. E dunque si è fatto assumere in Trilobit con il cognome di sua madre per dare a Michelangelo Bianchetto una bella lezione."

"Sì."

"Vedo, tra i tanti, questo documento. Uno dei primi scaricati da lei dal dark web: 'GPS jamming countermeasures: a practical guide'. Perché era così interessato ai dispositivi di disguido dei segnali GPS?"

"Perché Bianchetto li usa attorno alla sua abitazione. La sua paranoia andava ben oltre a quella delle malattie."

"Auto blindata, guardie del corpo russe, dispositivi sanitari da attacco batteriologico sono legali. I jammer GPS no, almeno per i privati." constatò l'ispettore.

"Non credo sia l'unica cosa illegale che Bianchetto abbia avuto o fatto nella sua vita."

"Quindi?"

"Quindi la mia prima idea era di lanciare un missile guidato con un semplice ricevitore GPS ma non poteva funzionare. La guida sarebbe stata ingannata e non avrei colpito la casa."

"Perché il suo scopo era di fargli piovere addosso un altro missile..."

"Sì ma questa volta definitivo."

"Capisco. E questo documento coperto da segreto militare della NATO: "Design of radio reflecting shapes in aerodinamics?"

"Un trattato per progettare velivoli stealth. Mi è costato quasi un Bitcoin."

"E cosa voleva costruire, un drone invisibile?"

"Circa. Semplicemente dovevo eludere tutte le sue contromisure tattiche. La villa di Bianchetto ha radar, jammer GPS e una batteria di rilevatori termici. Forse anche dei missili antimissile. Evidentemente l'incidente del '99 ha lasciato un segno anche su di lui."

"Come fa a sapere queste cose?"

"Trieste è piccola e dotazioni così non le ha nessuno. Alla gente piace parlare, soprattutto ai tecnici che vogliono vantarsi..." disse Andrea, fermandosi quando comprese di far parte dello stesso club.

"Quindi quale era la sua strategia?"

"Costruire un missile invisibile che, per evitare i jammer GPS saliva in quota a 3000 metri, poi, cadendo in verticale senza lo stadio a motore, direzionasse la caduta solo con dei getti di gas compresso, riconoscendo la sagoma della casa in modo da non essere rilevato da sensori termici e infine, esplodere per impatto."

"Ma come faceva ad essere certo di cogliere l'obiettivo?"

"Riconoscimento fotografico tramite una telecamera sulla punta, come i missili intercontinentali Tomahawk. Mi sarebbe bastato caricare la foto di Google maps."

"E lo ha realizzato?"

"Oh sì. Prima ho creato gli stampi per i gusci in kevlar e carbonio. Ci ho messo quasi un anno a determinare la forma delle superfici aerodinamiche per il mio missile a due stadi da picchiata. Il primo stadio, spinto da un motore jet per aeromodellisti doveva portare in alto la punta che ospitava l'elettronica di navigazione e riconoscimento del bersaglio, sganciarsi e proseguire per una traiettoria lontana dal bersaglio. Il secondo stadio, radio assorbente, senza traccia di calore, in caduta libera doveva solo correggere la rotta in caso di vento o piccoli errori di sgancio e cadere sulla casa di Bianchetto."

"E cosa è andato storto?"

"Niente, concettualmente quest'estate il missile era pronto. Ad agosto avevo recuperato anche la vernice con microsfere di ceramica radio assorbenti...un altro Bitcoin bruciato..."

"Perché non ha proseguito con quel progetto?"

"Ho scoperto che non capitava mai che lui fosse da solo a casa. E non volevo colpire persone innocenti."

"Quindi ha optato per la barca perché ha ancora uno straccio di umanità."

"Sì. Cioè... Il 'Velociraptor' era facile da identificare e colpire e sicuramente lui sarebbe stato da solo."

"Facile da colpire per la sagoma inconfondibile dello scafo, immagino."

"Esatto. Quando ho saputo del progetto per la Barcolana, ho capito che sarebbe bastato un razzo più semplice. La barca non aveva dispositivi antimissile. Bastava avere la foto del Velociraptor per avere il bersaglio. A saperlo non avrei speso tutti quei soldi per la realizzazione del mio missile stealth bistadio. Ho invece realizzato in pochi mesi un aero razzo stealth."

"Ci racconti di quel giorno."

"Viste le capacità del mio sistema, mi sono appostato piuttosto lontano dal campo di regata. Mi serviva un posto nel quale quel giorno non ci fossero troppe persone. Ho scelto il ciglione subito al di sotto del santuario di Monte Grisa. Alle cinque del mattino ho caricato la fionda sulla la rampa di lancio. Poi ho caricato il propellente liquido, verificato il funzionamento dei dispositivi di puntamento GPS e ottico. Ho caricato l'aria compressa nel sistema di preaccensione da azionare via radio. E, fatti i check alle superfici aerodinamiche, ho inserito le otto cariche di esplosivo negli alloggiamenti della testa dell'aero-missile." I colleghi non lo avevano mai visto parlare così tanto, e nemmeno sorridere. "Ho pulito il vetro di protezione della telecamera HD e mi sono allontanato con la macchina, tornando in officina. Da lì ho caricato via radio l'immagine dell'obiettivo: la sagoma del Velociraptor, che qualche giorno prima avevo fotografato dall'alto del capannone, quando la barca era ancora in cantiere, qui dietro. Infine, ho trasmesso le coordinate della linea di partenza della Barcolana. Poi ho impostato un offset di due miglia nautiche dalla linea in avanti. Quello sarebbe stato l'apogeo, il punto, a tremila metri d'altezza, nel quale l'aero missile avrebbe invertito la sua direzione, picchiando in caduta libera controllata. Alla ricerca silenziosa della barca di Bianchetto."

"Notevole." Commentò Barbara Tassani, per la gioia di Andrea.

"Sei anni di studi e progetti."

"Poi?"

Andrea, esaltato, continuò a raccontare la sua impresa, fiero delle sue capacità: "Seguivo gli avvenimenti dalla diretta web. Alle 9:30 vi fu la partenza regolare. Sapevo che bastavano 37, 5 secondi per la caduta e, prima, 65 secondi per raggiungere l'apogeo. Per cui, sapendo che le due miglia nautiche erano davanti ad un riferimento preciso della costa, dovevo solo valutare quando la barca sarebbe stata circa in zona. In un minuto e mezzo si sarebbe spostata di poco, dentro il range del riconoscimento fotografico da parte del razzo, per cui l'avrei colpita con certezza."

"Come faceva ad essere sicuro che avrebbe funzionato?"

"Era il terzo aero-razzo che lanciavo. Ne avevo previsti ben cinque ma al secondo avevo già i dati che mi servivano per la configurazione definitiva."

"Aveva anche la telemetria?"

"No, vista la base di partenza del progetto originale che prevedeva di lanciarlo sulla casa di Bianchetto, nel quale il secondo stadio doveva arrivare giù invisibile e inerte, ovvero freddo, non rilevabile dai radar e scollegato dai segnali GPS fasulli lanciati dai jammer. Una semplice punta carica di esplosivo in caduta libera e le ali a correggere la rotta, comandate dalla collimazione con l'immagine di riferimento. Per cui non doveva trasmettere nulla, pena il riconoscimento."

"Quindi lei ha lanciato l'aero missile alla cieca, confidando che arrivasse da solo 'in zona' al momento opportuno e poi, cadendo, si direzionasse sul Velociraptor riconoscendolo dalla sagoma e facendolo infine esplodere."

"Esatto!"

L'ispettore Tassani estrasse una foto della prua del 'Velociraptor': "Lo vede questo bel buco di oltre due metri di diametro che ha sfondato la barca dal ponte superiore alla chiglia?"

"Sì."

"Quello è il suo centro. Ben lontano dal fronte di esplosione avvenuto sei metri più indietro, tra albero e pozzetto. Il suo missile era perfetto. I colleghi della balistica e della scientifica sono rimasti impressionati. Peccato (o per fortuna?) che abbia lasciato solo delle tracce di argilla in fondo al mare: il C4 che lei ha comprato al mercato nero a caro prezzo... era fasullo. Torni al suo posto. Grazie."

Andrea tornò a nascondersi sotto il cappuccio per non far trasparire le emozioni scatenate dal suo successo tecnico, fallimentare nel risultato. Le mancate conseguenze legali non sfioravano i suoi pensieri. I colleghi lo guardarono con occhio ben diverso dal solito. Un misto di ammirazione e inquietudine si vedeva negli sguardi dei tecnici di Trilobit. Michele finalmente capì perché Andrea avesse avuto sempre le unghie nere e l'aria stanca e cosa stesse studiando così tanto.

SHUT DOWN AND RESTART

I dipendenti Trilobit erano piuttosto esausti. La giornata aveva portato talmente tante emozioni a ciascuno di loro, da averli ridotti a degli automi senzienti nelle mani dell'ispettore Tassani.

Ciascuno, escluso forse Andrea, meditava sui possibili capi d'accusa a seguito delle prove trovate, alle relative confessioni, e ai possibili sconti di pena promessi. Michele non poteva fare a meno di constatare che la vita dei colleghi, da lui considerata piatta e superficiale, si era rivelata ricca di passioni e sofferenze profonde e radicate. Una tra tutte, l'odio comune per Bianchetto.

L'ispettore Barbara Tassani faceva il suo mestiere e nessuno ce l'aveva con lei, ben conscio delle proprie colpe. Michele, che fino a quel momento non aveva avuto grandi timori per il proprio futuro, iniziava a domandarsi se poteva essere accusato di qualcosa a causa del fondo. Sicuramente stava provando un gran senso di astio per l'ufficiale della Polizia, che prima lo aveva costretto a fare lo spione e poi lo aveva messo alla gogna.

La donna prese un lungo sospiro e poi iniziò ad elencare i reati di cui erano colpevoli i frequentatori abituali dell'open-space: "Fausto Furlan: per sua fortuna non vi è il reato di tentato omicidio in quanto l'intenzione c'era ma il fatto non sussiste. Lei è imputabile per il reato di detenzione di riferimenti a materiale pedopornografico e omessa denuncia di Bianchetto e delle sue frequentazioni digitali illegali. Inoltre lei ha contribuito assieme al defunto Sisak e a Larsson a costruire il sistema ombra per celare i fondi neri di Trilobit."

NeFausto deglutì nervoso.

Poi la donna si rivolse al corpulento collega di Michele: "Ludwig Sossi, che dire? Lei è stato molto abile a restare sempre sulla linea dell'illegalità senza mai varcarla, con le sue speculazioni di borsa (come tutti i suoi colleghi, del resto) fino a che non ha deciso di cagionare un danno a Bianchetto. Posso solo dire che ha avuto fortuna: nel tentativo di danneggiare il natante di Bianchetto tramite il boicottaggio delle batterie, ha provocato solo un danno accessorio, comunque valutabile e oggettivamente dimostrabile. Resta, poi, la violazione della privacy del Dionigi, che in quel momento agiva in nome e per conto dello Stato e probabilmente potremmo dimostrare che lo sapeva, per cui è intralcio alla giustizia."

Ludwig tirò il fiato e fece scricchiolare la sedia con un semplice spostamento di peso.

"Andrea Spangher Lorenzi..." Disse la Tassani mentre Andrea si toglieva il cappuccio. "Il lupo perde il pelo ma non il vizio. Di fatto, ha lanciato un aereo a jet amatoriale con la testa riempita di argilla con l'intenzione di uccidere e di cui ha perso il controllo. Jet che è caduto sulla barca provocando un altro danno accessorio, come quello cagionato dal Sossi. Sarà sicuramente colpevole di aver lanciato un aereo hobbistico che ha sorvolato una zona popolata, nonché luogo di competizione sportiva, violando le nuove leggi sui droni. Resta, inoltre, il grosso problema dei documenti illegali scaricati dal dark web, la vernice coperta da segreto militare, il tentativo di comprare esplosivo al plastico sul mercato nero e probabilmente la costruzione premeditata di armi improprie, da quel che vedo..." disse l'ispettore mostrando le risultanze della perquisizione della sua officina avvenuta mentre erano lì. Il ragazzo annuì e si rimise il cappuccio.

L'ispettore continuò: "Christeban Larsson: avere un pessimo gusto per i tatuaggi e le letture non è reato, ma nascondere la contabilità nera di una azienda sì. Non dico altro."

Il biondino annuì in silenzio e si rannicchiò a terra con le braccia conserte in un angolo dell'open-space.

"Dionigi, lei è stato una grande delusione, ha brillato per la sua inettitudine. Ma, purtroppo, questo non è reato. Tuttavia, la sua leggerezza nella speculazione in Borsa potrebbe essere oggetto di indagine, vista la posizione privilegiata che le avevamo concesso."

Michele annuì: era nella stessa barca degli altri.

"Luz Carnelutti, anche lei nei fatti non è riuscita a portare a termine il tentativo di avvelenamento di Michelangelo Bianchetto, ma il tentativo c'è stato. Quantomeno, vista la sua scarsa collaborazione, le dovremmo addebitare il reato di reticenza e valutare il collaterale danneggiamento al mezzo di trasporto della nettezza urbana."

La ragazza fece finta di niente.

"Veniamo a noi, dunque... vi starete domandando: chi ha ucciso Michelangelo Bianchetto?"

Il pubblico annuì, stimolato dall'obbligo a collaborare.

L'ispettore Barbara Tassani estrasse una foto in formato A3 di un fotogramma aereo che riprendeva l'esplosione del Velociraptor.

"Questo è un fotogramma delle riprese fatte dall'elicottero della RAI durante la Barcolana. Fortunatamente Bianchetto si stava contendendo la testa della gara, per cui le telecamere erano tutte puntate su di lui. Come potete vedere, queste chiazze gialle sul ponte sono il risultato del surriscaldamento dovuto allo scherzetto delle batterie di Sossi mentre sulla prora della barca c'è uno squarcio bello grosso, merito delle prodezze di Andrea Spangher."

Prese dal faldone un secondo ingrandimento: "Questo invece, è solo di pochi secondi dopo: il boma e l'albero maestro esplodono." Disse mostrando la L rovesciata di fuoco immortalata immediatamente dopo lo scoppio.

"E infine" continuò estraendo una terza fotografia: "La seconda esplosione, esattamente mezzo secondo dopo, che coinvolge il pozzetto di poppa. Ben lontano dalle batterie che il signor Sossi tentava di fondere con scarso successo e ancora più lontano dal buco nell'acqua di Spangher."

Le fotografie furono fatte passare tra i tecnici di Trilobit che esaminarono con interesse i dettagli di un attentato fatto come si deve.

L'ispettore continuò: "Esplosivo al plastico. Il classico C4 dei film, probabilmente proveniente dal fronte siriano. Come gli inneschi e il modus operandi della doppia esplosione ravvicinata. Questo ci fa capire sicuramente una cosa," disse la donna, guardando a uno a uno i dipendenti di Trilobit negli occhi in una lunga pausa scenica "Cicio no xe per barca. Ovvero nessuno di voi è stato capace di uccidere Bianchetto, né alcuna altra persona."

'Lo sapevo... devono essere stati gli investitori russi. Quelli non perdonano.' Dedusse immediatamente Michele, che sapeva degli investimenti sporchi in Trilobit.

"Provate a ipotizzare: chi è stato a mettere l'esplosivo con così tanta cura ed efficacia?"

"I Russi che Biancheto doveva i soldi!" Disse Luz anticipando tutti. "Ce lo ha detto lei che l'esplosivo era balcanico." Michele si morse la lingua, la maledetta gli aveva rubato la battuta.

"No. Risposta sbagliata."

"La mafia!" disse NeFausto.

"Troppo raffinato per i mafiosi." Commentò Ludwig e aggiunse: "Sono stati i servizi segreti deviati."

"No e ancora no." Commentò l'ispettore Tassani.

"Lui stesso." Disse Andrea.

"Come prego? Parli più forte per favore e si levi quel cappuccio."

"Lui stesso, Bianchetto. Lo ha fatto mettere ai suoi scagnozzi. Quelli che ci hanno incasinato la rete GSM e hanno fatto il blackout. Solo se hai libero accesso alla barca per settimane puoi imbottire albero, boma e pozzetto di C4 senza che nessuno se ne accorga."

"Esatto, bravo. Bianchetto stesso ha fatto esplodere la barca. Sappiamo perché?"

"Per uscire di scena platealmente e cambiare vita. Il bruco stava per trasformarsi in farfalla: aveva già spostato tutti i fondi e doveva solo inscenare la sua morte. Ha fatto un gioco di prestigio alla David Copperfield." Disse Michele, che aveva capito il piano del grande capo solo in quel momento.

"Esatto, Dionigi. Bianchetto non è morto nell'esplosione della barca. È abilmente sparito… a questo punto direi dunque che 'omicidio no xe per barca'!" disse la donna sghignazzando per il suo stesso gioco di parole in dialetto ai danni degli indagati che arrancavano nelle ipotesi.

"Ma alora a che pinga serviamo noi qua?" chiese stizzita Luz guardando l'orologio del telefonino.

"Innanzitutto, siete rei confessi. E poi, mi servite per capire chi lo ha ucciso, o quasi ucciso: in questo momento Bianchetto versa in gravi condizioni in un ospedale militare. Per l'esattezza è al Centro ospedaliero militare di Taranto. Ha le ore contate."

"E di cosa sta morendo? Veleno?" chiese maliziosamente Fausto che si toglieva un sassolino dalla scarpa con Luz.

"Avvelenamento, esatto." disse Barbara Tassani.

Tutti si girarono verso la sudameri-friulana.

"Avvelenamento da radiazioni." Aggiunse l'ispettore.

Quello era il silenzio che piaceva all'ispettore Barbara Tassani. I PC portatili erano stati restituiti ai colleghi di Michele e si sentiva solo il rumore del battere di tasti. Finalmente quelle intelligenze parziali stavano lavorando assieme da un'ora per estrarre dati dalla rete fantasma di Trilobit: dovevano provare la loro congettura, mentre Michele faceva da ufficiale di collegamento: "Quando ci ha detto che sta morendo per avvelenamento da radiazioni, non abbiamo potuto fare a meno di pensare a Igor. Si ricorda del report che le ho mandato qualche mese fa?"

"Intende quella strampalata storia tragicomica del croato bigamo morto di tumore fulminante? Sembrava la sceneggiatura di un film di Emir Kusturica."

"Sì, quella. Pensiamo possa esserci un nesso."

"Ma i morti non tornano dall'aldilà per ammazzare i vivi." commentò laconica la Tassani.

"Vero, ma uno è un caso, due una coincidenza, tre fanno una statistica." rispose Michele.

"E chi è il terzo?"

"Felipe. Quindi abbiamo tre persone che si frequentano, che presentano malattie simili o riconducibili alla stessa causa. Abbiamo metastasi (Igor), leucemia (Felipe) e avvelenamento da radiazioni (Bianchetto). Forse la diagnosi della malattia di Bianchetto si può applicare anche agli altri due che lo frequentavano fuori dal lavoro. Sappiamo che Felipe faceva i festini con lui e che Igor gli gironzolava spesso per casa per mettere a posto apparati o cose del genere. Per cui stiamo cercando tutto ciò che può centrare con le radiazioni, stiamo analizzando il profilo relativo della rete ombra di Igor, ovvero 'Or1as'."

La Tassani dovette ammettere tra sé e sé che, non potendolo interrogare, aveva del tutto tralasciato il profilo dell'ex dipendente, del quale non poteva sapere il nome 'ombra' tratto dalla 'Pseudomonarchia Daemonum' di Larsson.

"Niente uranio, plutonio, mercurio rosso, polonio 210, stronzio, iodio, cesio... niente." Sintetizzò dopo un'ora Nefausto, per mettere a pari la Tassani sui loro sforzi.

"E se fosse stata la moglie? Quella era russa." disse Luz.

"Sì, ma dovremmo trovare qualcosa che la colleghi all'abitazione di Bianchetto, a Conconello..." replicò Michele.

"Oh, mios Dio! Ancora sta storia de Conconelo! Quelo è il posto dove si vede per affari, lui non abita là!" disse ridendo Luz.

"Eppure il suo indirizzo di casa..." replicò Andrea infastidito per la rivelazione tardiva.

"Ma sì, quela è solo la sua cassa ofizial... ma lui sta a PuertoPicolo, in un cassetta endependente!" disse ancora schernendo i colleghi.

"Portopiccolo, Sistiana?" chiese Ludwig, che si mise a digitare in modo frenetico sul suo laptop. "Prima ho visto qualcosa relativo a quel posto... eccolo: 0045/62339345"

"0045/62339345?" chiese Andrea "Questo l'ho visto io sulla contabilità nera che curava Igor... ecco, è una fattura senza causale inviata a quell'indirizzo ed è legata al conto ME611090101401110712198128745 per 493.000 dollari.

Intervenne Christeban: "493.000 dollars? Ho visto quei soldi che passa da fondo nero di Trilobit a cassa." Lo interruppe NeFausto: l'ho fatto io quel bonifico. Me lo aveva chiesto Igor per Bianchetto con la massima urgenza. Pagato da un conto in Croazia per 'Ricerca e Sviluppo'. Pensavo fosse una partita di giro tra le tante che facevano per non pagare le tasse o l'ennesima spesa folle per la barca. Luz, ti ricordi, più di un anno fa, il casino che è successo per mandarlo in firma, sono dovuto andare a Zagabria in fretta e furia."

Luz si alzò e corse verso uno schedario. Iniziò a scartabellare con una velocità impensabile le pratiche di acquisto del 2022, fino a che esclamò: "Trovata!" Lei teneva sempre tutto su carta.

La Tassani, colpita da quel guizzo di iniziativa, si mise a leggere con i ragazzi: "BogdoImport, Zarka Zernjanina 3, 81400, Montenegro."

"Cosa ha comprato per quasi cinquecentomila euro il signor Sisak, più di un anno fa in Montenegro, distraendo fondi neri da Trilobit per farlo spedire a casa di Bianchetto?"

"Ufficialmente apparati per il controspionaggio" lesse Luz dalle note di carico. "Era una scatola di 200 chilogrammi arrivata via mare."

Le ricerche diventarono frenetiche, stava spuntando l'alba ma i ragazzi non mollavano. Non era una questione di sopravvivenza e neanche di fedina penale più o meno pulita. Quella forza arrivava loro dal voler vincere la sfida intellettuale, spinti dalla curiosità, armati della consapevolezza di saper trattare grossi volumi di informazioni per ottenere con precisione un fine ultimo. E per una volta era un fine lecito e utile.

Cantò il gallo, abbaiò Thor, la Tassani si era mezza appisolata e il ritmo delle battute sulle tastiere era calato. Ma proprio quando la carenza di sonno non poté più essere compensata da caffeina e cioccolato, proprio quando le forze e la volontà stavano per abbandonare i corpi dei ragazzi, NeFausto gridò: "Eccolo!"

Una sola semplice parola: 'Eccolo'.

'Eccolo' portava la luce del mattino, 'Eccolo' portava alla libertà. 'Eccolo': mai parola fu più suadente e taumaturgica di quella.

'Eccolo' era una bolla per il trasporto di una barra d'acciaio di 45 cm in una scatola di piombo arrivata via terra con una corsa dedicata della quale erano state nascoste le bolle di trasporto.

'Eccolo' era Igor che firmava la ricezione al posto di Bianchetto e non dava la mancia ai trasportatori.

'Eccolo' era l'acquisto di un'aspirapolvere Roomba su Amazon e spedito allo stesso indirizzo con le stesse modalità.

'Eccolo' era lo scatolone di piombo aperto che rivelava mezza barra di uranio arricchito 235 e 238 di fabbricazione americana scomparsa nel nulla, nel mercato nero italiano, nel 1998. La cronaca parlava chiaro: originariamente erano otto cilindri metallici di 90 cm, ma nel tempo qualcuno era stato recuperato dai servizi segreti, altri erano stati sparsi nel mondo per creare le bombe atomiche dei poveri. All'epoca, otto barre intere valevano 8 miliardi di lire e si temeva fossero finite in mano di Al Quaeda. 25 anni dopo si scopriva che alcuni pezzi giravano ancora nel mercato nero e mantenevano il loro valore, anche se frazionati. E chissà tramite quali contatti, Igor ne aveva recuperata metà comprandola coi soldi dei fondi neri di Trilobit nascosti in Croazia.

"Eccolo…" disse soddisfatta la Tassani. "Tutti a casa, ci vediamo domani in questura."

Un gruppo di Vigili del fuoco del nucleo NBCR (Nucleare - Batteriologico - Chimico - Radioattivo) ispezionò l'appartamento di Michelangelo Bianchetto. Confermarono rapidamente che Igor aveva modificato l'aspirapolvere, inserendo la barra di uranio tagliata in tre pezzi e aveva posizionato la base di ricarica sotto il letto matrimoniale del dirigente. Esposto alle radiazioni le sole notti in cui tornava a Portopiccolo, mentre l'aspirapolvere si caricava, per Bianchetto era arrivata la fine meno velocemente di quanto Igor avesse previsto, ma a lungo andare il logorio delle radiazioni lo aveva comunque compromesso irrimediabilmente. Il palazzo fu evacuato e sigillato, le frequentatrici abituali della camera da letto del CEO individuate per essere sottoposte ad accertamenti medici. Avendo Igor armeggiato i primi giorni con la barra radioattiva a distanza ravvicinata e avendola lavorata senza precauzioni col seghetto per incastrarla a pezzi nel robot, si era fulminato da solo con un quantitativo letale di radiazioni. Bianchetto era morto un bel po' dopo e Felipe che, dopotutto, restava in quella casa più del manager tra lavoro e divertimenti, era stato un prematuro danno collaterale. Anche le sorelle di Luz furono immediatamente poste sotto controllo, visto che avevano continuato a fare pulizie in quella casa anche dopo la scomparsa del grande capo.

Si rincontrarono a metà mattino negli uffici della Polizia, a poche ore dalla nottata passata in ufficio tra bugie e rivelazioni. Michele notò che il gruppo era cambiato molto da ciò che era stato fino a pochi giorni prima. Malgrado le differenze che c'erano sempre state tra i suoi colleghi, quell'esperienza li aveva avvicinati più di quanto non avessero pensato, e lo si vedeva da come si erano presentati in questura. NeFausto si era lavato e indossava una polo fin troppo moderna per i suoi standard. Era arrivato con Andrea che gli aveva chiesto un passaggio in auto. Chiacchieravano tra loro amabilmente di saldature e restauro delle automobili. Anche Andrea, a guardar bene, si era risistemato e, per la prima volta da quando Michele lo conosceva, non aveva una felpa con il cappuccio ma un maglioncino grigio e le unghie pulite. Ludwig si era messo una camicia hawaiana ed era venuto col taxi invece che con la sua amata moto, diede un abbraccio a Michele e gli chiese scusa per averlo tenuto sott'occhio tutto quel tempo. Christeban si presentò in completo nero e cravatta e i capelli tirati col gel. I tatuaggi gotici che spuntavano dai polsini e dal colletto della camicia bianca, contrastando con lo stile classico che aveva indosso, gli davano l'aria di un modello da copertina. Arrivò infine Luz, con dei semplicissimi jeans e una camiciola elegante ma non appariscente. Era senza braccialetti né collane e portava scarpe quasi senza tacco. Era amichevole con tutti e sembrava non vedere l'ora di trovare una frase altrui alla quale annuire platealmente per far combutta. Il gregge si era finalmente amalgamato.

Arrivarono gli avvocati, fautori, probabilmente, del cambio di look dei colleghi di Michele, il quale, a differenza loro, si era presentato sprovvisto di abiti nuovi e legali che lo rappresentassero. Il gruppetto fu fatto entrare in una sala dotata di un numero di sedie sufficiente ad accomodare tutti e dopo un po' arrivò l'ispettore Barbara Tassani, seguita da un piccolo contingente di uomini in divisa. La Tassani si sedette alla scrivania posta di fronte al pubblico, gli uomini rimasero in piedi, dietro a lei, in attesa del Pubblico Ministero e del Questore. Michele, a quel punto, si pentì di non aver pensato di chiamare un avvocato, forse aveva sottovalutato la situazione.

Una volta completato il plotone d'esecuzione, le porte furono chiuse e l'ispettore Tassani riassunse le attività investigative degli ultimi giorni, leggendo di fatto il suo rapporto scritto poche ore prima. Fu una esposizione molto obiettiva e asciutta, per quanto la dovizia di particolari tecnici non fu risparmiata, con lo sconcerto dei legali che apprendevano per la prima volta molti dettagli relativi alle attività criminose dei loro assistiti. Michele ridacchiava, colto da panico, Fausto si sfregava le mani nevrotico e già in crisi da astinenza di nicotina. Ludwig restava immobile e girava solo gli occhi, imitato da Luz che aveva arpionato l'avambraccio del suo legale e non aveva nessuna intenzione di mollarlo. Christeban svitava e avvitava compulsivamente la ferramenta che aveva sulla faccia e sulle orecchie, Andrea si era concentrato su un pezzo di plastica che si stava staccando da una sedia di fronte a lui e tentava di rimetterlo a posto con l'ausilio di una monetina.

Il Pubblico Ministero, introdotto dal Questore, elencò i reati ascritti ai componenti dell'ufficio, corredandoli di riferimenti di legge e pene possibili. Gli avvocati trascrivevano indefessi sui loro taccuini in pelle e agende firmate, ogni singola parola proferita dal PM, aggiungendo riquadri, frecce e punti esclamativi con le loro penne di marca altisonante. Per ultimo fu lasciato Michele che risultò 'libero da imputazioni'. Per qualche istante le penne si fermarono e gli occhi furono tutti per lui che, manco farlo apposta, era seduto da solo e leggermente staccato dagli altri.

Con l'accordo del PM il questore prese la parola: "Cari signori, gentili legali accorsi ad assistere, penso che la situazione sia chiara: in una azienda, o in generale, in una comunità nata da basi sbagliate e condotta in modo scellerato, il frutto non può essere che guasto e dannoso. Dal breve resoconto dalla collega Tassani prima e dal dettaglio delle possibili conseguenze per gli imputati rilasciata dal PM poi, ci risulta evidente che in un vivaio dell'inganno che ha fatto del reato la sua cifra, non poteva di certo nascere la virtù. Ho sentito di elaborate macchinazioni, bugie, appropriazioni indebite, tradimenti e truffe, e progetti di omicidio, ovviamente. È naturale conseguenza che, se il decano è una mela marcia e il sistema è frutto del suo ingegno, i discepoli non possono essere andati molto lontani. I cattivi esempi viaggiano alla velocità doppia dei comportamenti virtuosi, si sa. Ma, dal punto di vista morale, mi è doveroso porre una domanda, quanto c'è di Bianchetto e quanto dei qui presenti signori nelle scellerate azioni e negli abominevoli piani che abbiamo sentito oggi? È più importante reprimere e condannare dei comportamenti indotti dall'ambiente secondo i termini di legge o dare una possibilità ai singoli individui di cercare la redenzione? I signori qui presenti, sono pronti a chiedere perdono e a rimediare?"

Il concione aulico del questore lasciò spiazzati i presenti. Michele e i suoi colleghi ci videro l'ennesima reprimenda, i legali una via d'uscita. E la via arrivò tramite la voce e i modi spicci di Barbara Tassani: "Quand'ero piccola, mio nonno mi insegnò a chiedere perdono. A suo dire, il perdono si conseguiva con tre semplici passaggi. Innanzitutto si deve chiedere scusa (di cuore) a chi ha subito il torto. E questo sono capaci quasi tutti di farlo, è gratuito e si perde poco tempo. In secondo luogo, si deve ammettere che dispiace personalmente e che non accadrà più. E già qui, qualcuno, per orgoglio magari, tentenna." Disse guardando Luz. "Ma, terzo, la cosa più importante di tutte, è che si deve porre una domanda all'offeso: cosa posso fare per rimediare?"

Immediatamente gli avvocati iniziarono a scrivere appunti per loro stessi mentre i loro assistiti restavano interdetti. Dopo una bella pausa scenica, l'ispettore lanciò la bomba: "In accordo col PM, il questore ha pensato ad una soluzione salomonica che potrebbe derubricare tutti i reati a voi ascritti e darvi la possibilità di redimervi."

Gli avvocati iniziarono a dare suggerimenti concitati ai loro assistiti che annuivano freneticante. Michele si rilassò sulla sedia, sollevato, ritenendo di essere escluso dall'argomento.

Barbara Tassani continuò: "Come sapete, i giuochi di prestigio di Bianchetto e il suo consiglio di amministrazione hanno danneggiato tutti: istituzioni, investitori commerciali e addirittura governi esteri. E di questo se ne occuperà il curatore fallimentare di Trilobit, assieme alla magistratura. Resta appeso il problema dei soldi truffati ai dipendenti di Trilobit, vostri colleghi, i quali non riceveranno un soldo per la truffa mediatica interna 'Show on'. Per cui, la proposta del Questore, avallata dal PM, è di usare la plusvalenza da voi conseguita col derivato CFD Trilo 765 per compensare le perdite dei vostri colleghi."

Un mormorìo investì la sala, gli animi si scaldarono. L'ispettore rincarò la dose: "Se siete in dubbio, rendetevi conto che state barattando il perdono di una serie di atti illegali e punibili con la legge, con la cessione di proventi ottenuti con azioni immorali e, aggiungo, a fronte di ciò compirete un atto di generosità, tale da farvi guadagnare la clemenza di chi vi giudica, Michele Dionigi compreso."

"Come?" chiese Michele svegliandosi dal suo torpore "Cosa c'entro io?"

La Tassani lo fulminò con lo sguardo e tirò fuori la sua voce da tigre: "Pensa di essersi comportato bene? Di avere svolto un buon lavoro? Di essersi meritato quei soldi fatti sulle disgrazie altrui? Guardi, se lei non cede la sua plusvalenza del derivato, salta tutto e i suoi colleghi vanno in galera. Solo con tutto il guadagno di tutto il fondo CFD Trilo 765 potremo aiutare veramente i vostri colleghi. Tolto ovviamente l'investimento iniziale che vi verrà restituito. È pronto a mandare tutti in rovina per la sua avidità?"

Michele era furibondo, la Tassani lo aveva messo sotto scacco con un bel ricatto morale. Senza pensarci, conscio che non avrebbe mai potuto rifiutarsi, decise comunque di negoziare, almeno per non arrendersi senza aver combattuto: "Ok, va bene, accetto. Prendetevi i miei soldi, la mia invenzione, il mio personale rischio, ad una sola condizione però: quattrocentomila euro li usate per sanare i debiti del signor Spangher. Se di moralità vogliamo parlare, è immorale salvare tutti i dipendenti di Trilobit dal fallimento e lasciare lui nelle mani degli strozzini."

"Ottima idea, signor Dionigi, potremmo usare la plusvalenza della sua prima speculazione sul titolo, che ne dice?" Chiese cantilenando l'ispettore.

Michele sentì una fitta sotto il diaframma e non capì se era il cuore o lo stomaco.

La donna confabulò per qualche minuto col PM poi guardò Michele con compassione: "Ok, Dionigi, troveremo spazio anche per Spangher, non si preoccupi, ma lei mi deve un favore. Se lo ricordi."

Nel tardo pomeriggio, dopo una lunga trafila di operazioni strettamente vagliate dagli avvocati del gruppo, un drappello silenzioso di informatici uscì dagli edifici della questura in silenzio. Non prima di apprendere che il CEO, quella mattina, era definitivamente deceduto. L'avventura era finita ma, forse, un'amicizia era cominciata. Ludwig guardò il gruppo e, quasi fosse la cosa più naturale del mondo, riassunse: "Insoma: aqua[1]. E no pol finir con l'aqua. Sprizeto in Cavana?"

---

1 In dialetto, *"esser aqua"* significa "fare patta", modo di dire dovuto alla piattezza dell'acqua in quiete.

WHITE COCAL PRESS
libri e morbin a Trieste

DIALETTO

Troppo triestini (2022)
Paolo Pascutto

I diari de Siora Jole (2021)
Davide Calabrese

Il dialetto nel Porto di Trieste (2021)
Nereo Zeper

I soliti veceti (2020)
Raimondo Cappai e Paolo Stanese

Le disgrazie del tran de Opcina (2019)
Diego Manna

The Origin of Nosepolis (2018)
Diego Manna

L'amor al tempo del refosco (2018)
Laura Antonini e Stefano Bartoli

Monon Behavior (2017)
Diego Manna

Radiodrammi di coppia (2017)
Alessandro Mizzi

Daghe (2017)
Ricky Russo

LE CICLOMALDOBRIE

Zinque bici e un amaro Montenegro (2015)
Diego Manna

Polska... rivemo! (2013)
Diego Manna e Michele Zazzara

Zinque bici, do veci e una galina con do teste (2012)
Diego Manna e Michele Zazzara

NARRATIVA

I briganti della Carnia (2022)
Francesco Boer

C'era una volta a... Triestewood (2021)
Andrea Martinis

Il sipario sul divano (2021)
Gianfranco Pacco

Edda leggendaria da Trieste lungo la via degli dei (2021)
Edda Vidiz

Trieste città dell'Oktoberfest (2019)
Dino Bombar

La magia di Trieste (2019)
Erica Bonanni

L'Osmiza sul mare (2016)
Diego Manna

UMORISMO

Casa mia, casa mia - Come tirar 'vanti nela giungla del cemento triestin (2022)
Chiara Gily e Francesca Sarocchi

La smonta la prossima? - Una vita in corriera (2021)
Davide Destradi

Triestini e napoletani (2017)
Micol Brusaferro e Chiara Gily

MANUALI DEL MORBIN

50 cose da non fare in Friuli (2021)
Mataran

Trieste cinica - dal no se pol al no ga senso (2021)
Vile&Vampi

50 cose da non fare a Trieste (2020)
Andrej Prassel

Meio un omo ogi e uno doman (2020)
Flavio Furian e Massimiliano Cernecca

Il manuale della boba de Borgo (2019)
Flavio Furian e Massimiliano Cernecca

Il libri des rispuestis furlanis (2018)
Felici ma furlans e Andrej Prassel

El libro dele risposte triestine (2017)
Andrej Prassel

STRAFANICI
Mati drio el balon (2021)
Giuseppe Vergara e Chiara Gelmini

Sua maestà Capo in B (2020)
Micol Brusaferro e Chiara Gelmini

Animali triestini e dove trovarli (2019)
Giulio Giadrossi e Chiara Gelmini

Inps factor - i veci de Trieste (2019)
Micol Brusaferro e Chiara Gelmini

Libero libera tutti (2019)
Francesca Sarocchi e Chiara Gelmini

Mirella Boutique (2018)
Micol Brusaferro e Chiara Gelmini

Ciacole al Pedocin (2016)
Micol Brusaferro e Chiara Gelmini

El Pedocin (2015)
Micol Brusaferro e Chiara Gelmini

STORIA
Il calcio a Trieste (2022)
Bruno Gasperutti

Vita a Palazzo Silos (2021)
Annamaria Zennaro Marsi

Trieste 1719: quando gli Asburgo scoprirono il mare (2019)
Edda Vidiz

Tergeste, dove regna la bora (2018)
Edda Vidiz

PUPOLI
Vox Pupoli (2020)
Vile&Vampi

La leggenda della Bora (2020)
Edda Vidiz e Bernardino Not

STRUCOLETI - per bambini
Arturo - Un cane di Trieste (2022)
Emily Menguzzato e Raffaele Lodolo

Laila impara el triestin (2021)
Nicole Vascotto

Strafanici per tuti i cantoni de Trieste (2021)
Cristina Marsi e Dunja Jogan

La trisnonna Clementina e la Risiera di San Sabba (2020)
Alessandro Slama e Roberta Zucca

Sisì, Ottone e la cantina musicale (2018)
Zita Fusco e Fabrizio Di Luca

SAN NICOLÒ - per bambini
Le zavate de San Nicolò (2021)
Cristina Marsi e Ingrid Kuris

San Nicolò e el pesseto gialo (2021)
Cristina Marsi e Ingrid Kuris

Le mudande de San Nicolò (2020)
Cristina Marsi e Ingrid Kuris

San Nicolò e i Krampus (2020)
Cristina Marsi e Ingrid Kuris

La bereta de San Nicolò (2019)
Cristina Marsi e Ingrid Kuris

GIOCHI
Tachite al tram (2022)
Diego Manna e Erika Ronchin

Fish n' Ships (2020)
Diego Manna e Roberta Zucca

Barkolana (2017)
Diego Manna e Erika Ronchin

www.ingramcontent.com/pod-product-compliance
Lightning Source LLC
La Vergne TN
LVHW051524170726
843492LV00006B/1617